KB253965

나를 닮은 식물

나를 닮은 식물

세상의 작고 느린 것들을 소중히 여기는 마음

나를 닮은 식물

권민영 선생님과 학생들 지음

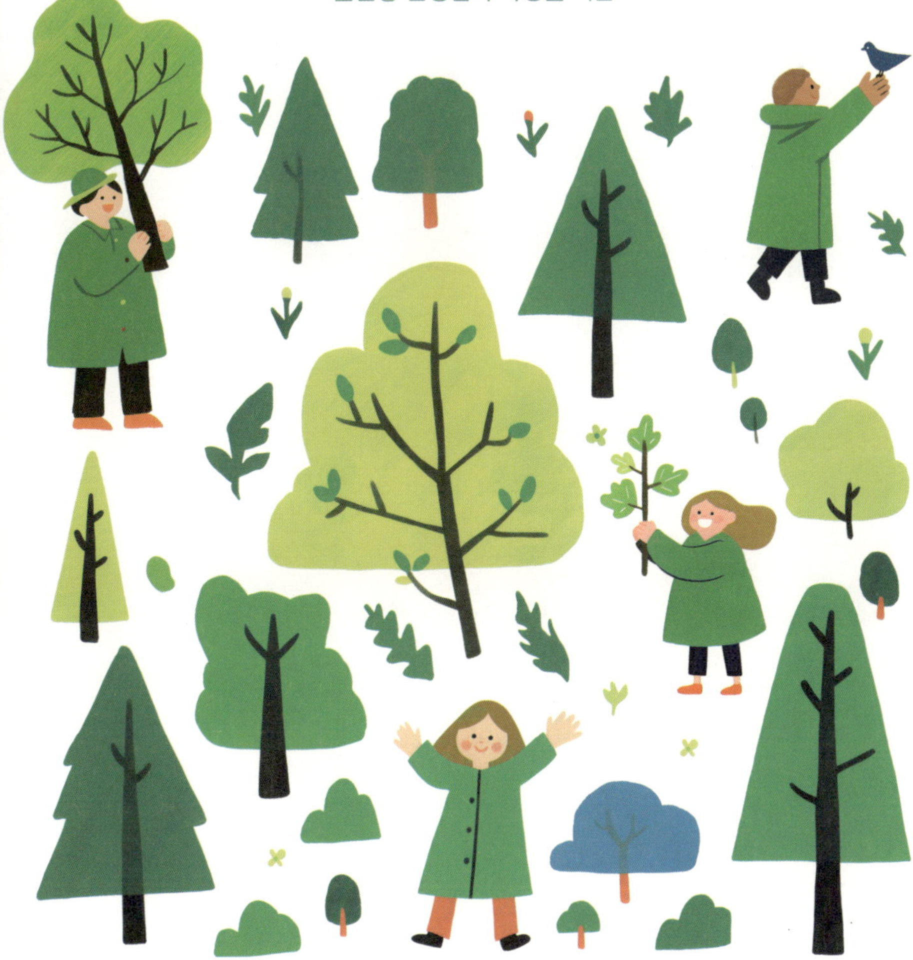

좋은땅

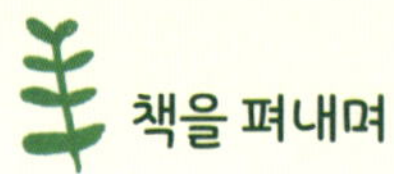

책을 펴내며

아이들은 식물을 오래 바라봅니다.
흙 속에 묻힌 씨앗 하나에서,
처음 돋아나는 작은 잎새에서,
햇빛을 따라 움직이는 줄기에서
아이들은 자라는 마음을 발견합니다.

이 책은 그런 아이들의 눈으로 쓰였습니다.
눈에 띄지 않던 식물 하나하나를 천천히 살펴보며
아이들은 식물과 자신을 겹쳐보았고,
그 안에서 '닮은 마음'을 찾아 적어 내려갔습니다.

아이들이 식물을 바라보는 그 따뜻한 시선 속엔
세상의 작고 느린 것들을 소중히 여기는 마음이 담겨 있습니다.

그 마음을 따라가다 보면,

우리도 어느새 고요히 멈춰 서서

'내 안에 숨 쉬는 이야기'를 조용히 들여다보게 됩니다.

이 책은 식물에 대한 책이면서, 아이들 자신에 대한 이야기이며,

결국은 우리 모두의 마음을 들여다보는 이야기입니다.

아이들의 눈으로 바라본 식물들,

그리고 식물을 닮아가고 있는 우리 아이들의 이야기를

부디 천천히, 따뜻하게 읽어 주시길 바랍니다.

그리고 이 책을 읽으며

여러분 자신과 닮은 식물을 한번 떠올려 보세요.

그 마음이 여러분 곁에 자라나길 바랍니다.

알로에

- 겉은 단단하지만 속은 누구보다 여리고 부드러워요.

- 다른 사람의 마음을 치유하는 힘이 있어요.

- 혼자서도 꿋꿋하게 잘 일어서요.

나는 친절한
알로에예요.

나는 알로에를 닮았어요.

내 주위의 소중한 사람들을 항상 기쁘게 해 주고 싶어요.

그리고 마음 아픈 사람들에게 찾아가

촉촉한 위로를 건네줘요.

마치 마음을 치유하는 알로에처럼요.

나는 주위 사람들을 배려하고 도와주는 마음을 가진

알로에를 닮았어요.

"학원 동생이 울고 있을 때 옆에서

공감을 해 주니 동생이 울음을 그쳤어요.

그랬더니 제 마음도 괜찮아졌어요."

— 알로에 아이의 말

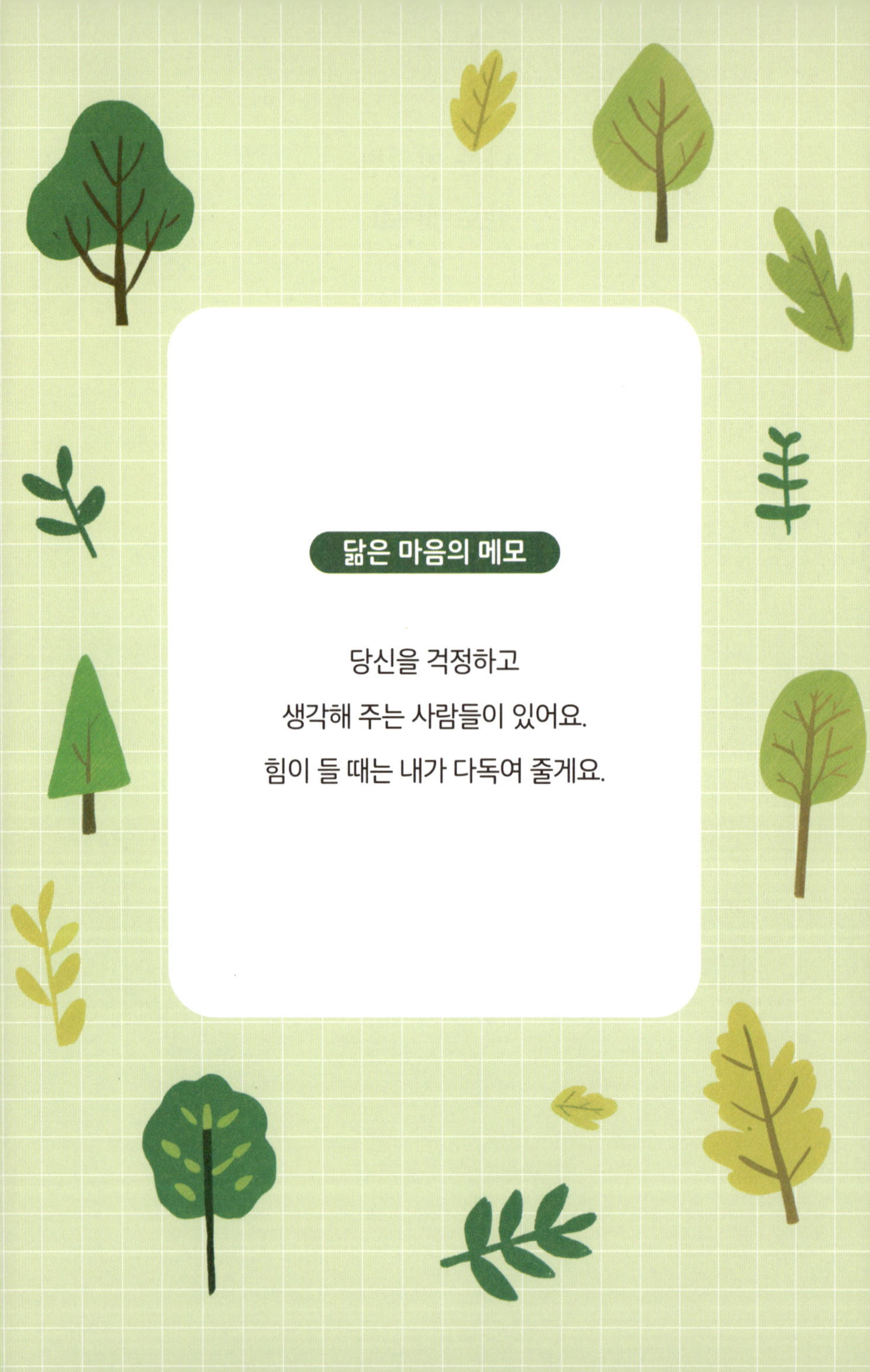

닮은 마음의 메모

당신을 걱정하고
생각해 주는 사람들이 있어요.
힘이 들 때는 내가 다독여 줄게요.

데이지

해처럼 웃는 순수한 꽃잎

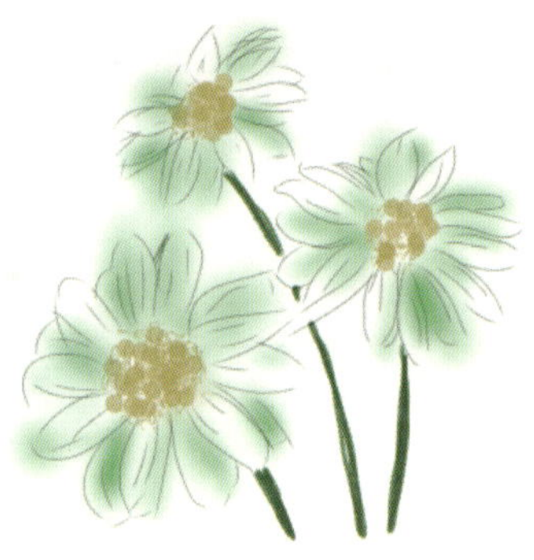

- 하얀 꽃잎 속에 해처럼 따뜻한 마음이 있어요.

- 작은 몸이지만 사람들에게 환한 기쁨을 전해요.

- 한 줄기에 여러 송이가 피어나듯 많은 매력이 있어요.

나는 따뜻한
데이지예요.

나는 데이지를 닮았어요.

어딜 가도 함께하면 웃음이 끊이지 않고

친구들과 사이가 좋기 때문이에요.

힘든 날이라도 나를 보고 웃어 주는 친구들도 보면

웃음을 되찾는 데이지예요.

항상 사람들이 좋아해 주는 데이지처럼

저도 사람들을 행복하고 즐겁게 해 줄 거예요!

"친구가 기분이 안 좋아 보일 때 먼저 다가가 말을
걸었어요.
오히려 친구가 '걱정해 주어서 고마워.'라고 했을 때
저는 세상에서 제일 행복해져요."

— 데이지 아이의 말

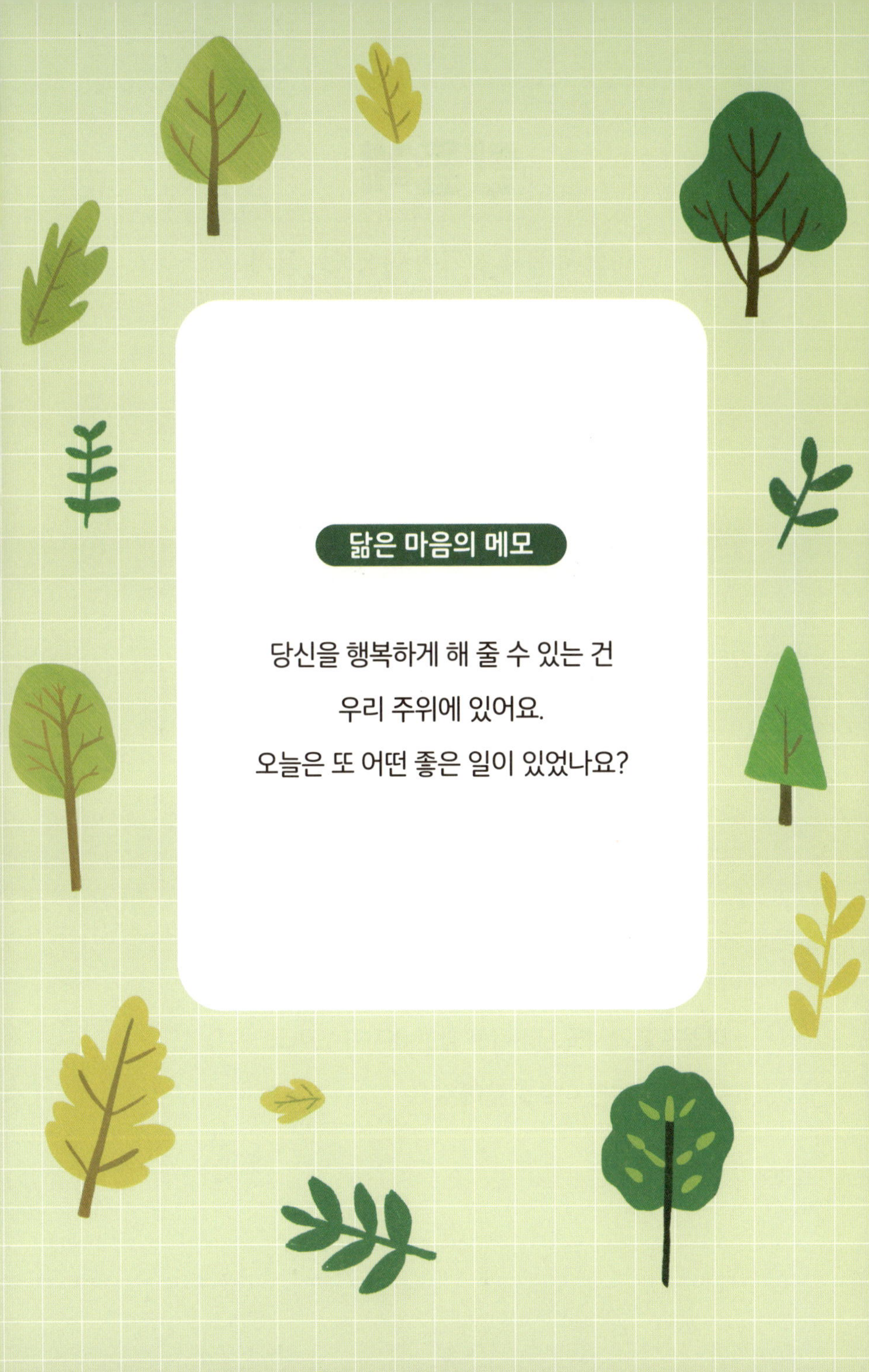
맑은 마음의 메모

당신을 행복하게 해 줄 수 있는 건
우리 주위에 있어요.
오늘은 또 어떤 좋은 일이 있었나요?

민들레

바람에 몸을 맡기며 여행하는 용기

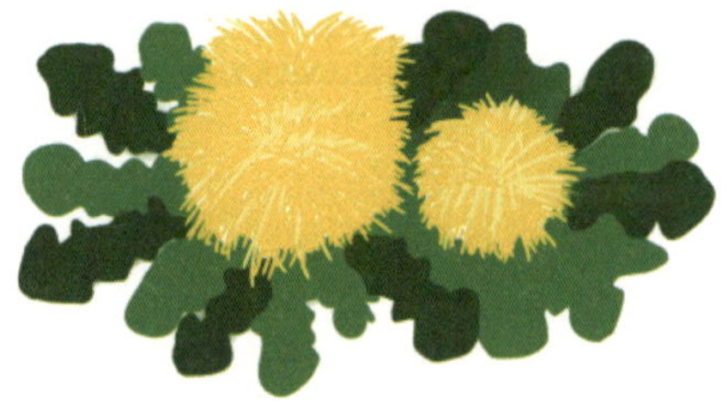

- 바람을 따라 떠나는 용기를 가지고 있어요.

- 비좁은 틈에서도 자라나는 강한 의지가 있어요.

- 어디서든 환한 미소로 웃어 줘요.

나는 어디서든
잘 날아다니는 민들레예요.

나는 민들레를 닮았어요.

나의 따뜻한 미소는 어디든 환하게 빛이 나요.

민들레의 홀씨처럼 나만의 모습을 상상하며

자유롭게 꿈을 꿔요.

항상 멀리 멀리 둥둥 날아다니는 민들레처럼

저도 활짝 웃으며 둥둥 떠다니고 싶어요.

"민들레처럼 환하고 밝은 미소로 세상에 희망을 전하는
따뜻한 사람이 되고 싶어요."

— 민들레 아이의 말

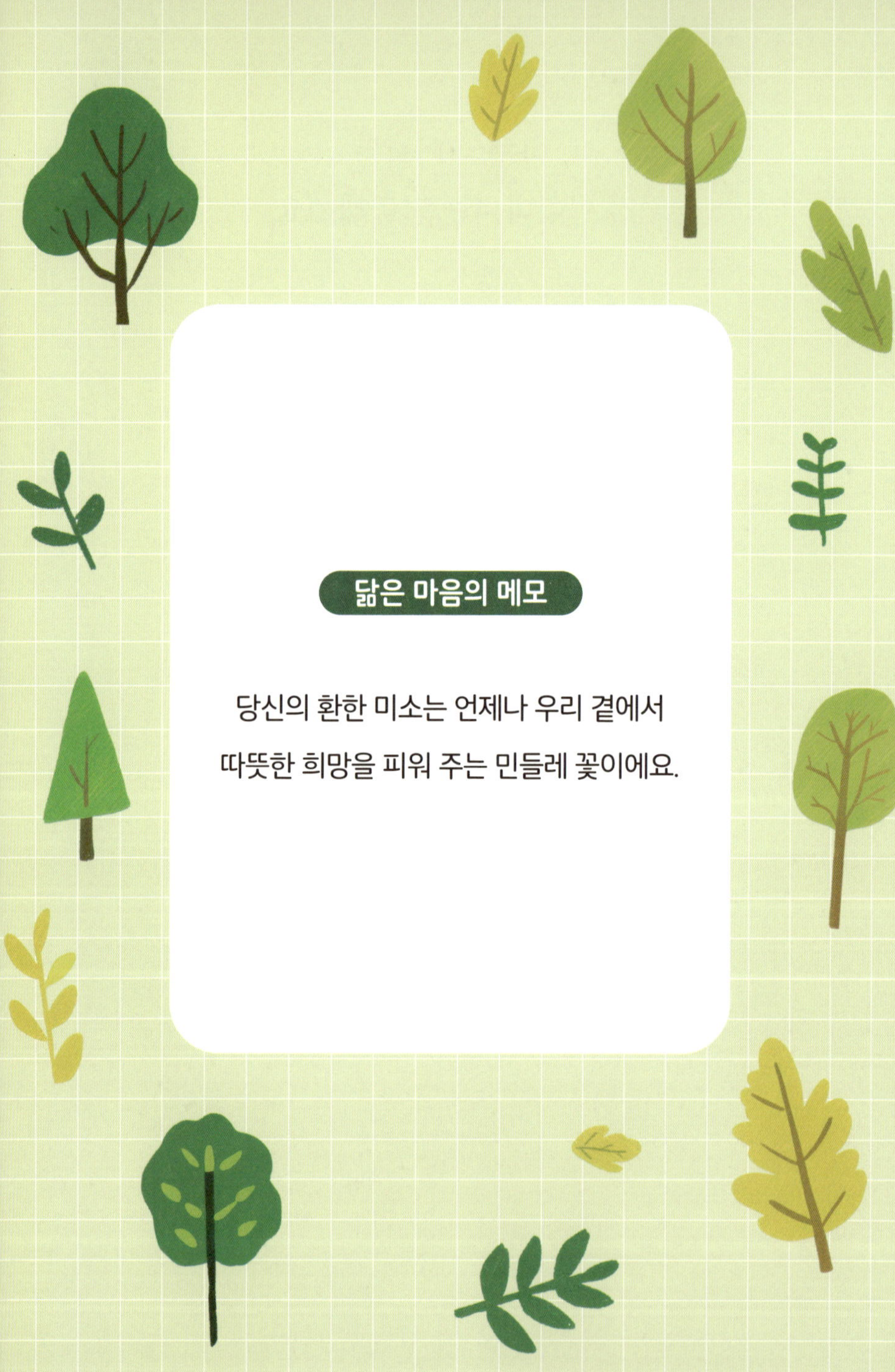

당신의 환한 미소는 언제나 우리 곁에서
따뜻한 희망을 피워 주는 민들레 꽃이에요.

스킨답서스

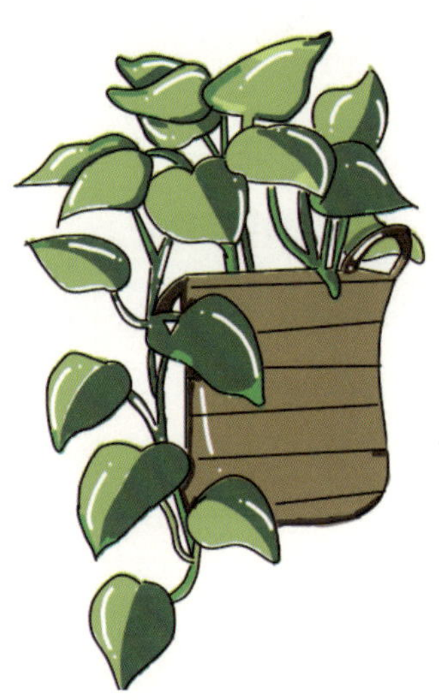

- 어두운 곳에서도 푸른빛을 잃지 않아요.

- 덩굴을 뻗어 항상 새로운 길을 찾아요.

- 조용히 천천히 퍼지지만 포기하지 않아요.

나는 다정한
스킨답서스예요.

나는 스킨답서스를 닮았어요.

힘들어하는 친구가 있다면

조용히 다가가 손을 내밀어 도와줘요.

반이 소란스러워도 저는 조용히 있어요.

주위 환경에 흔들리지 않고

저는 조용히 천천히 나아가요.

"힘든 곳에 있어도 나는 언제나 나만의 방법을 찾고,

느려도 나는 포기하지 않고 열심히 도전을 해요."

— 스킨답서스 아이의 말

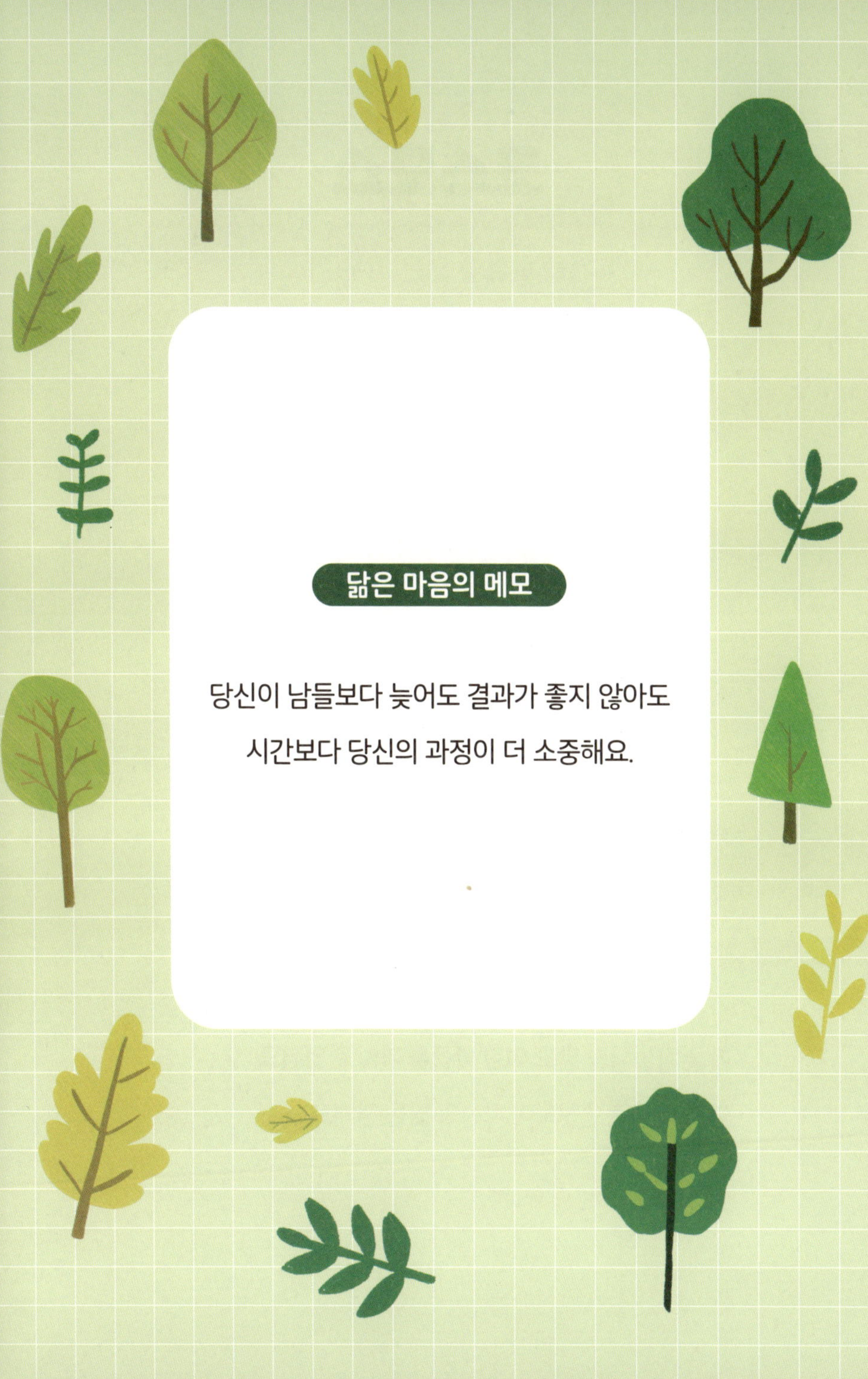
닮은 마음의 메모

당신이 남들보다 늦어도 결과가 좋지 않아도
시간보다 당신의 과정이 더 소중해요.

코스모스

가을 하늘을 닮은 고운 미소

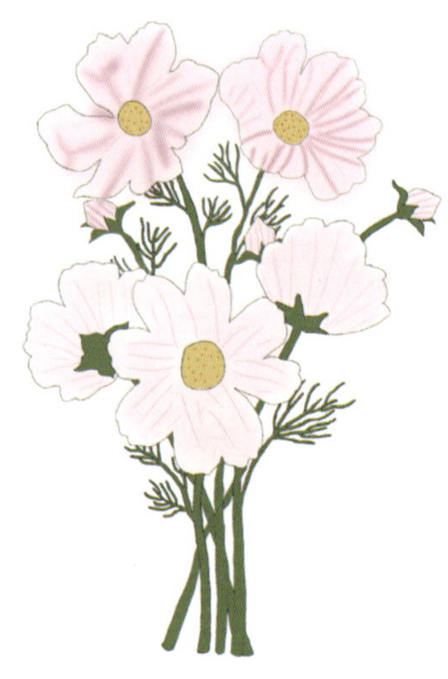

- 가느다란 줄기에도 흔들리지 않아요.

- 가을 하늘처럼 맑고 여린 마음을 가지고 있어요.

- 여러 색으로 변신하며 자신의 빛을 전해요.

나는 빛나는
코스모스예요.

나는 코스모스를 닮았어요.

왜냐하면 항상 흔들리지 않는 마음으로 친구들을

도와주고 지켜 주고 싶기 때문이에요.

가끔은 힘들 때도 있지요. 그래도 괜찮은 척하지요.

코스모스처럼요.

가을마다 예쁜 색깔들로 빛나는 코스모스처럼

저는 빛나는 쪽을 보려고 해요.

"포기하려는 친구에게 먼저 가서 '할 수 있어! 같이

해보자!'라고 말해 줬어요. 그때 그 친구가 웃었고,

저도 웃었어요."

— 코스모스 아이의 말

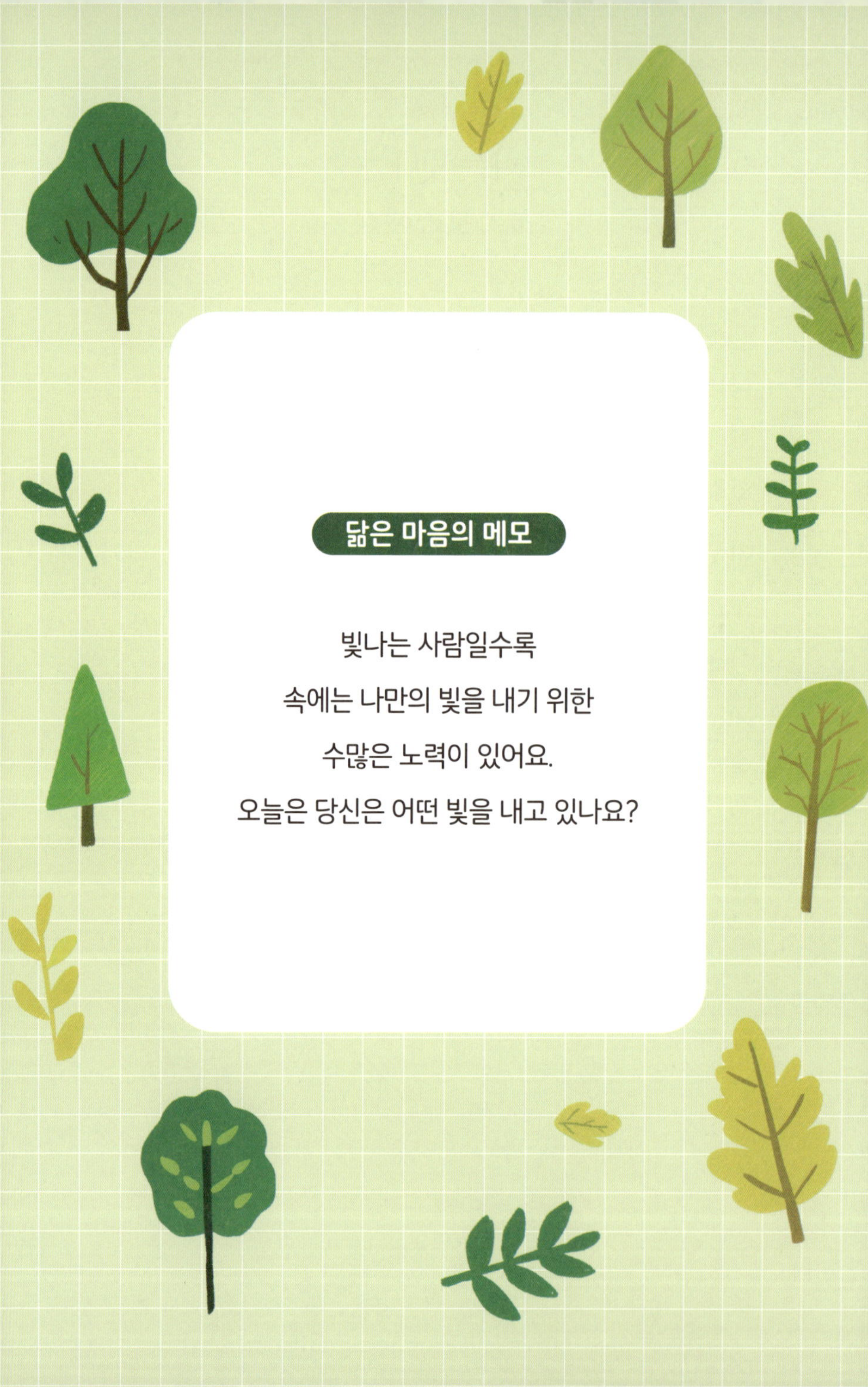
닮은 마음의 메모

빛나는 사람일수록
속에는 나만의 빛을 내기 위한
수많은 노력이 있어요.
오늘은 당신은 어떤 빛을 내고 있나요?

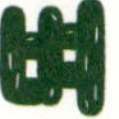

벼

고개 숙인 채 열매 맺는 겸손의 식물

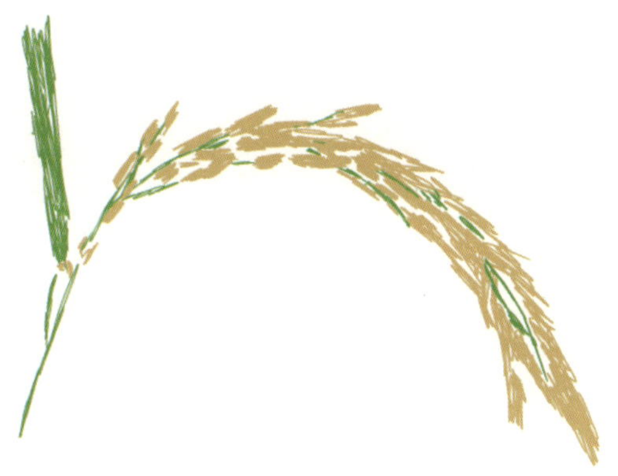

- 한 톨의 씨앗이 자라 큰 결실을 맺어요.

- 고개를 숙이며 자라나는 겸손함이 있어요.

- 여럿이 함께 자라나는 우정을 가지고 있어요.

나는 조용히 익어 가는
벼예요.

나는 벼를 닮았어요.

왜냐하면 조용히 내 할 일을 묵묵히 해내고,

친구들에게 도움이 되는 사람이 되고 싶기 때문이에요.

크게 말하지 않아도, 속은 단단해지고 있어요.

벼처럼요.

나는 조용히 자라는

벼예요.

"내가 친구들 앞에서 발표를 못하고 망설일 때,

친구들이 다 함께 기다려 주고 용기를 줬어요.

친구들을 보며 또 한 번 겸손과 용기를 배웠어요."

— 벼 아이의 말

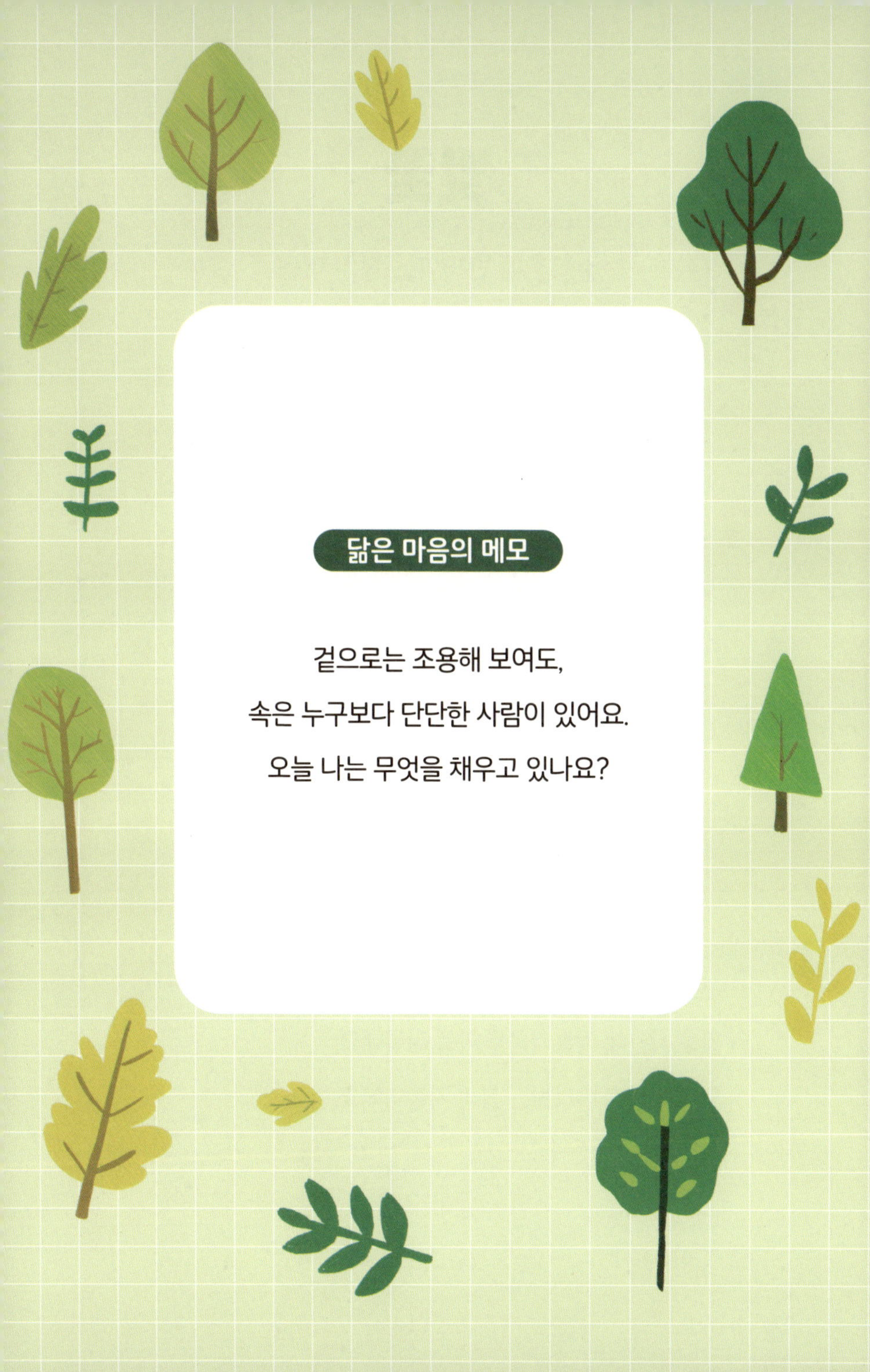
닮은 마음의 메모

겉으로는 조용해 보여도,
속은 누구보다 단단한 사람이 있어요.
오늘 나는 무엇을 채우고 있나요?

벚꽃

순식간에 반짝이는 봄의 마음

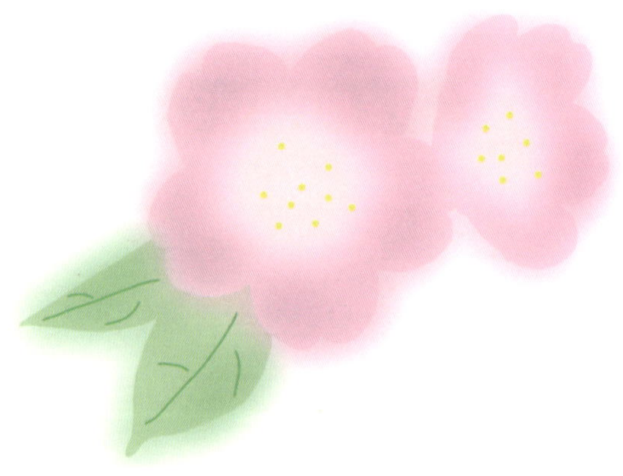

- 분홍 꽃잎 따라 사람들 마음에 사랑을 전해 줘요.

- 짧은 시간에 아름다움을 가득 피워내요.

- 모두가 함께 바라보는 봄의 기쁨이에요.

나는 시작을 도전하는
벚꽃이에요.

나는 벚꽃을 닮았어요.

왜냐하면 새로운 걸 시작할 때는 두렵지만,

용기를 내서 첫발을 떼고 싶기 때문이에요.

잠깐 피었다 지더라도,

사람들의 마음에 오래 남고 싶어요.

벚꽃처럼요.

나는 용기 있는

벚꽃이에요.

"새학기 첫날, 모두가 어색했지만 먼저 다가가

인사했어요.

그날부터 우리는 친구가 되었어요."

— 벚꽃 아이의 말

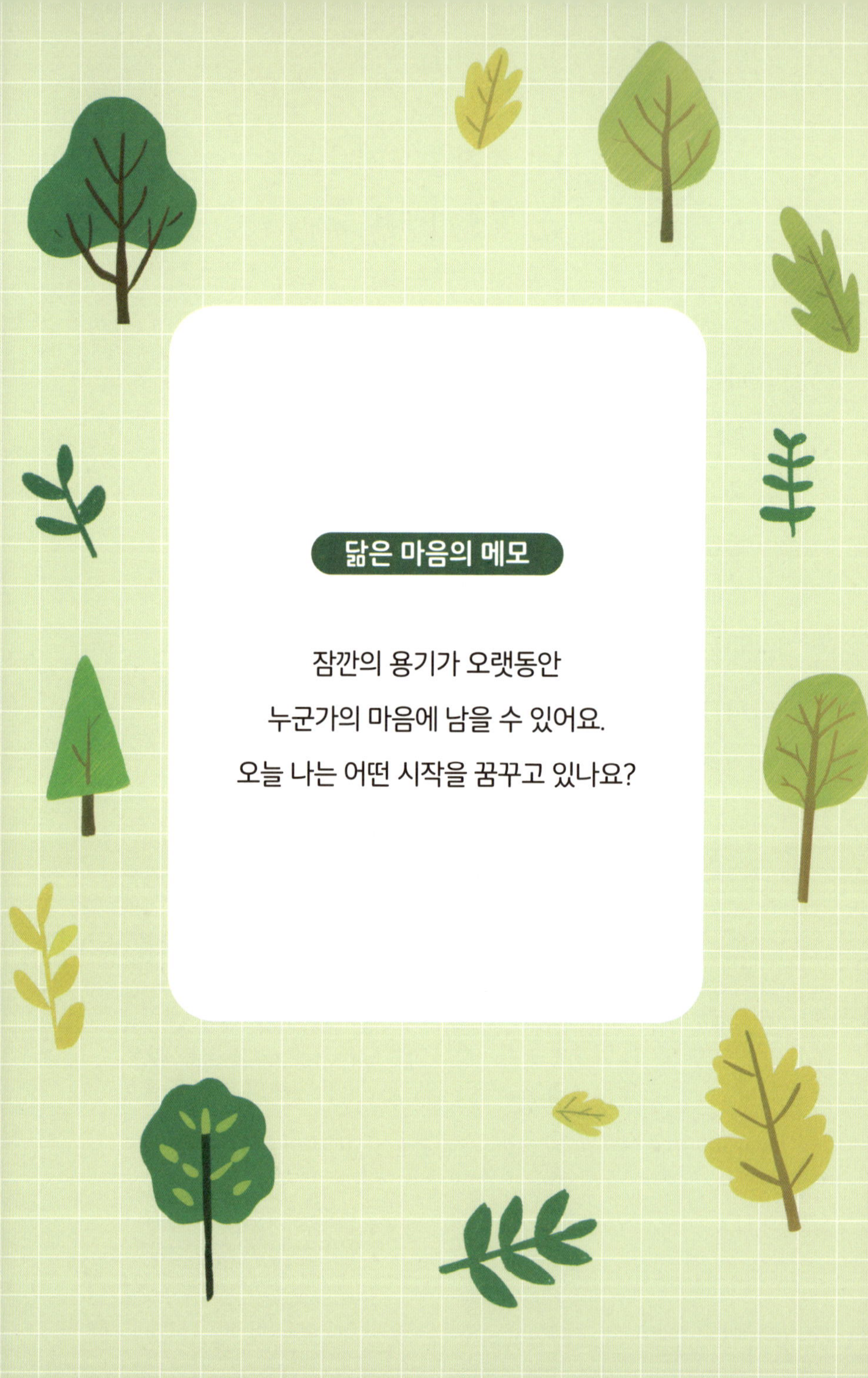
닮은 마음의 메모

잠깐의 용기가 오랫동안
누군가의 마음에 남을 수 있어요.
오늘 나는 어떤 시작을 꿈꾸고 있나요?

소나무

언제나 푸르른 한결같은 마음

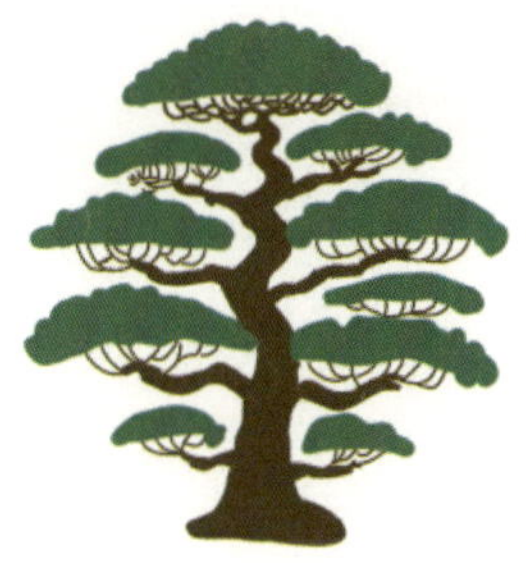

- 사계절 내내 변함없이 푸르러요.

- 흔들려도 쓰러지지 않는 뿌리를 지녔어요.

- 언제나 하늘을 향해 자라요.

나는 꿋꿋한
소나무예요.

나는 소나무를 닮았어요.

언제 어디서든 변함없이 제자리를 지킵니다.

생존력이 강한 소나무처럼

건강한 몸과 마음을 가지고 있어요.

언제나 푸른 하늘을 바라보며

흔들리지 않는 굳건한 마음을 가진 사람이에요.

"저는 주변의 일에 쉽게 휘둘리지 않으려고 노력해요.
소신을 지키며 나아갈 때 저는 행복해요."

— 소나무 아이의 말

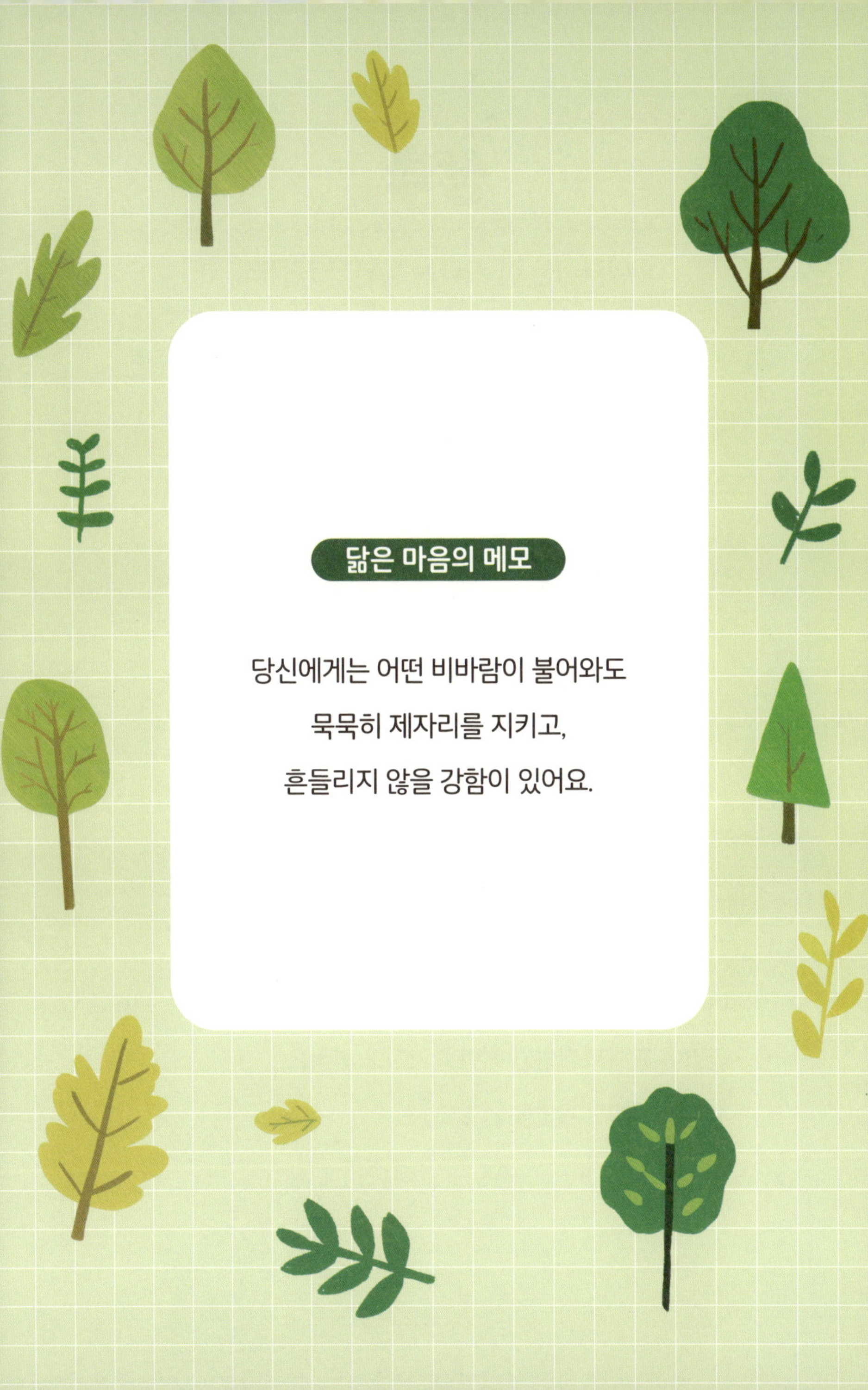

당신에게는 어떤 비바람이 불어와도

묵묵히 제자리를 지키고,

흔들리지 않을 강함이 있어요.

상추

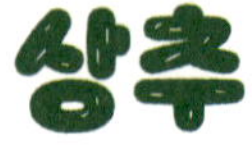

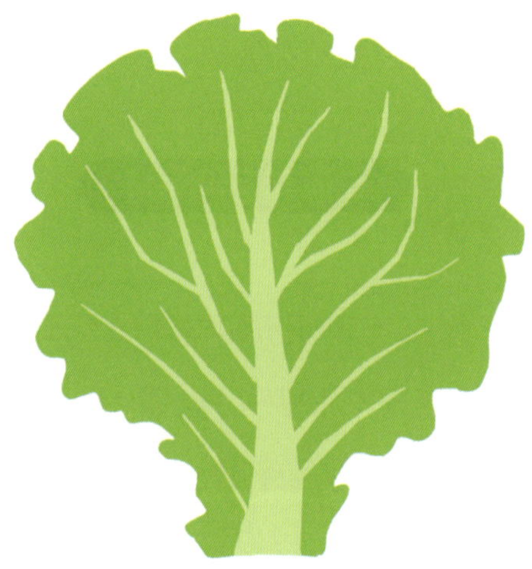

- 여려 보이지만 빠르게 자라요.

- 겹겹이 포개져 다양한 매력을 가지고 있어요.

- 자라난 뒤에도 씨앗을 남겨요.

나는 어디서든
잘하는 상추예요.

나는 상추를 닮았어요.

어디를 가든 항상 적응을 잘하고

평소처럼 행동할 수 있기 때문이에요.

어떤 상황이 와도 유연하게 적응을 하고 생활해요.

그리고 또 상추가 자라난 뒤에 씨앗을 남기는 것처럼

나도 어디를 가면 나만의 흔적을 남겨요.

"처음으로 친구들과 게임을 했을 때 어려웠지만,

며칠 만에 친구들과 잘 어울리게 되었어요.

이제는 그 시간이 제일 기다려져요!"

— 상추 아이의 말

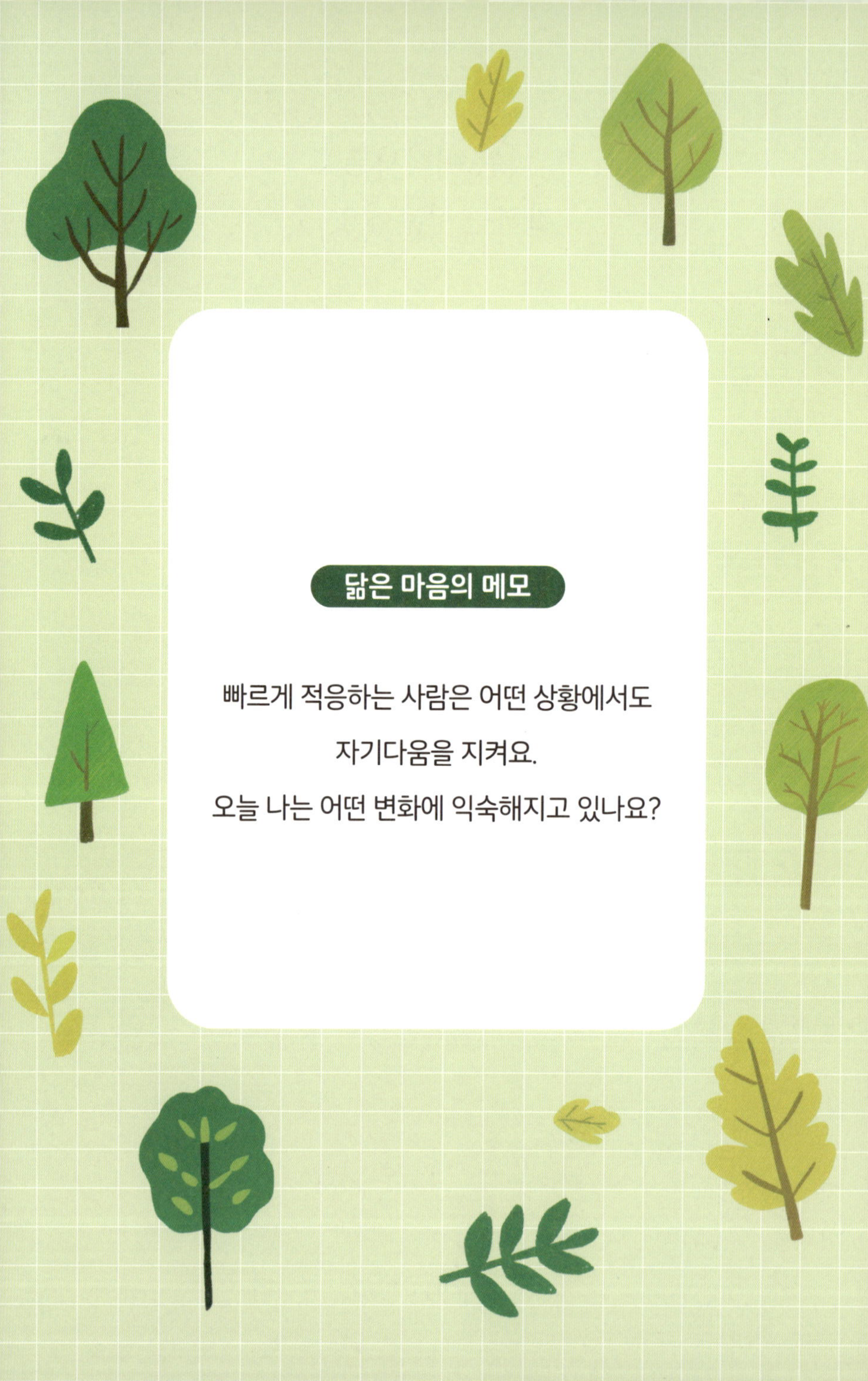

닮은 마음의 메모

빠르게 적응하는 사람은 어떤 상황에서도
자기다움을 지켜요.
오늘 나는 어떤 변화에 익숙해지고 있나요?

해바라기

밝음을 향해 자라는 용기

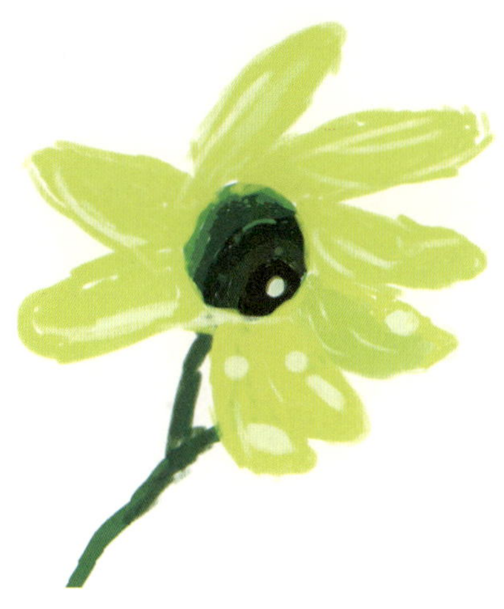

- 큰 키로 당당하게 자라며, 해를 따라 움직여요.
- 두터운 잎으로 햇살을 듬뿍 모아요.
- 무거운 씨앗을 품고 끝까지 버텨요.

나는 밝음을 나누는
해바라기예요.

나는 해바라기를 닮았어요.

왜냐하면 언제나 밝은 마음으로

친구들에게 작은 선물을 건네며

기쁨을 함께 나누고 싶기 때문이에요.

종이접기를 좋아해서

작은 꽃이나 동물을 접어 친구들에게 선물해요.

그 친구들이 웃는 걸 보면,

해바라기처럼 저도 마음이 환해져요.

나는 밝음을 나누는

해바라기예요.

"친구들이 원하는 모양을 종이접기로 만들어 줬어요.

친구들이 '너무 예쁘다!'고 말했을 때

정말 해처럼 따뜻한 기분이 들었어요."

— 해바라기 아이의 말

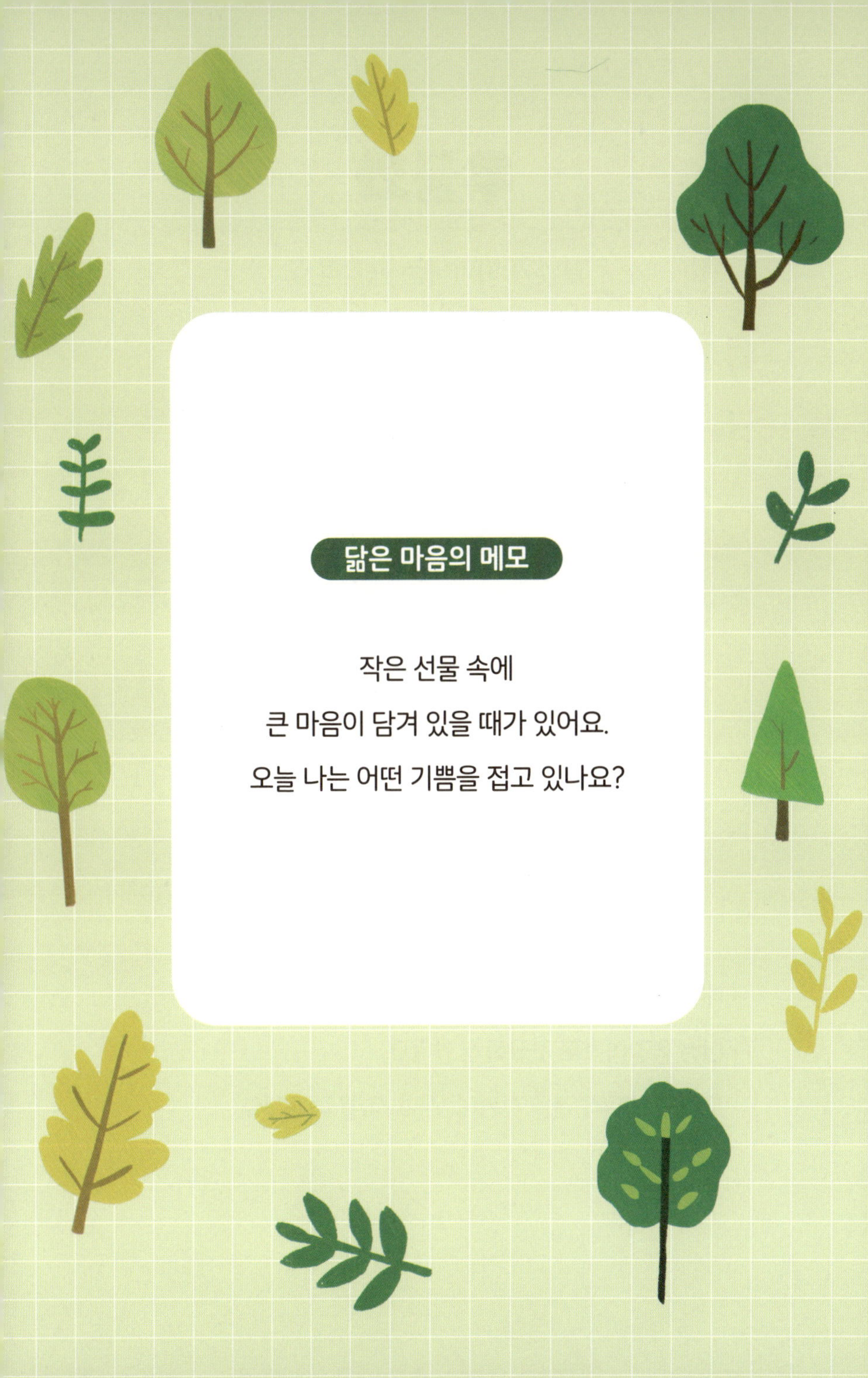

작은 선물 속에

큰 마음이 담겨 있을 때가 있어요.

오늘 나는 어떤 기쁨을 접고 있나요?

무궁화

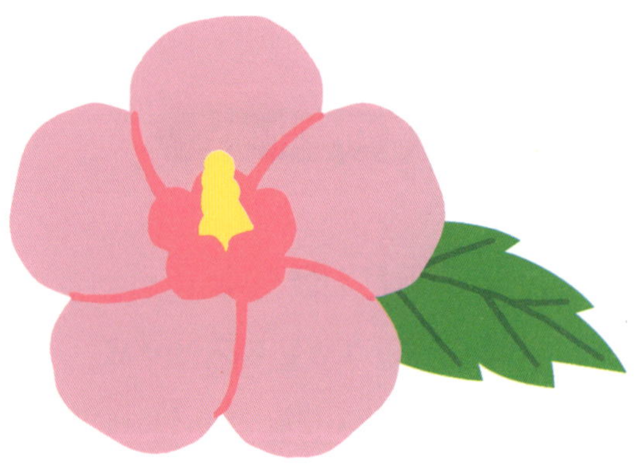

- 매일 새롭게 피어나며 끊임없이 자라요.

- 어떤 환경이라도 꿋꿋하게 견뎌요.

- 오래도록 우리 곁을 지키며 우리나라를 대표해요.

나는 용기 있는
무궁화예요.

나는 무궁화를 닮았어요.

저는 때때로 소심하기도 하지만

잘못한 일은 먼저 용기 내어 묵묵하게

탐정처럼 해결하거든요! 훗~

우리나라를 대표하는 무궁화처럼

항상 용기 있는 사람이 될 거예요.

"힘든 일이 있다면 용기 내어 스스로 해결해 봐요.
그럼 언젠가 우린 자신감이 있는 사람이 되어 있을
거예요."

— 무궁화 아이의 말

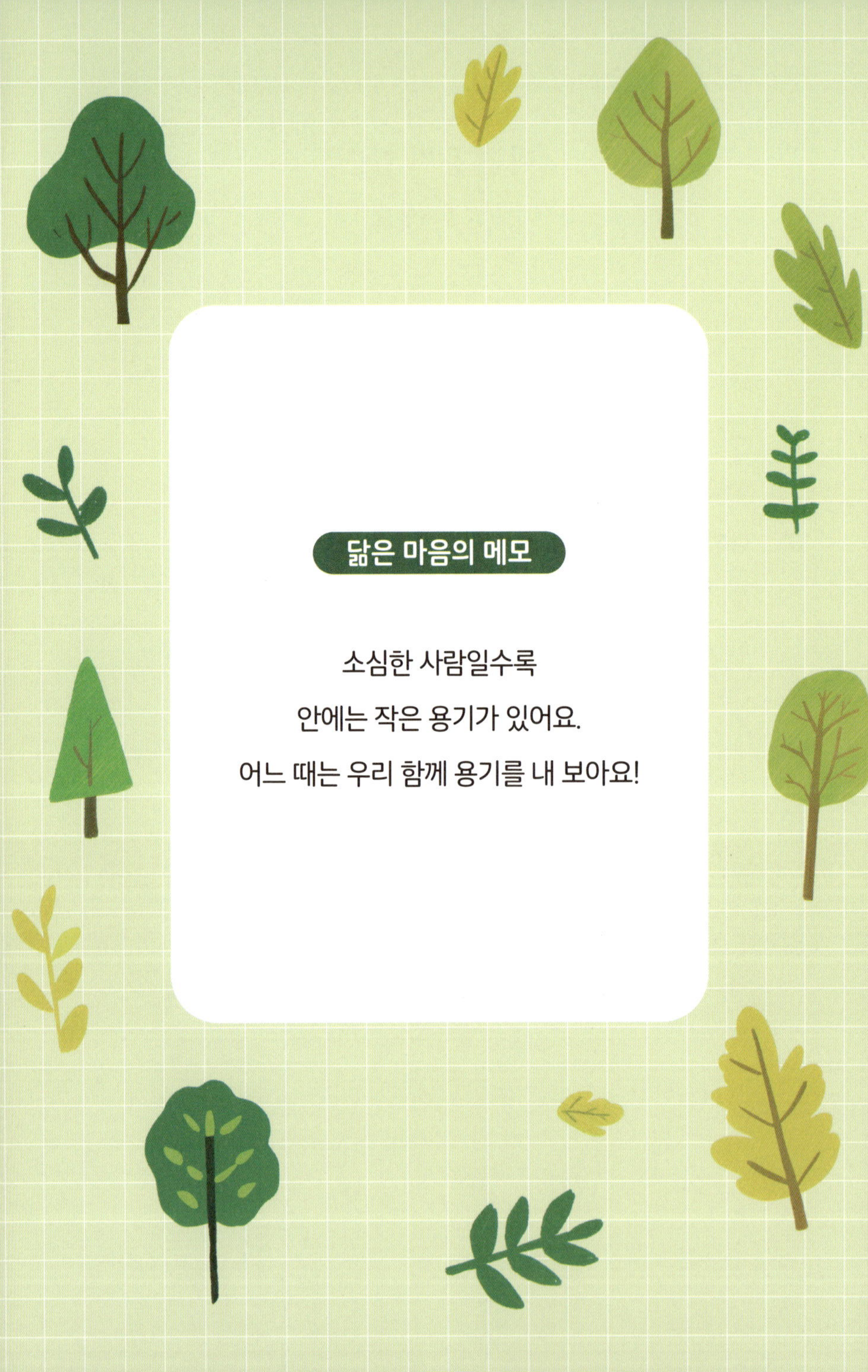

닮은 마음의 메모

소심한 사람일수록
안에는 작은 용기가 있어요.
어느 때는 우리 함께 용기를 내 보아요!

콩나물

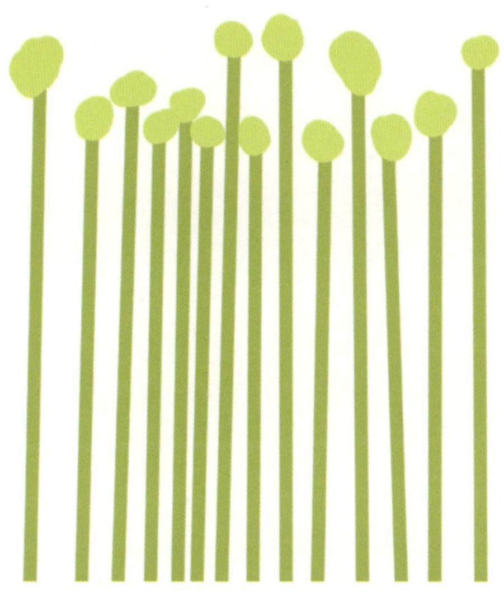

- 어둠 속에서도 자라나는, 힘센 생명력이 있어요.

- 하루하루 쑥쑥 자라는, 용감함을 가지고 있어요.

- 작고 부드럽지만 포기하지 않고 성실함이 있어요.

나는 보이지 않지만
꾸준히 자라나는 콩나물이에요.

나는 콩나물을 닮았어요.

왜냐하면 눈에 띄지는 않지만,

꾸준히 노력하는 게 나니까요.

결과가 바로 보이지 않아도,

계속 조금씩 성장하고 있어요.

콩나물처럼요.

저를 조금 더 천천히 기다려 주세요.

"내가 해야 할 일을 끝까지 해내려고 노력해요.

한 번에 실력이 많이 늘지는 않았지만

콩나물처럼 자라고 있다고 믿어요."

— 콩나물 아이의 말

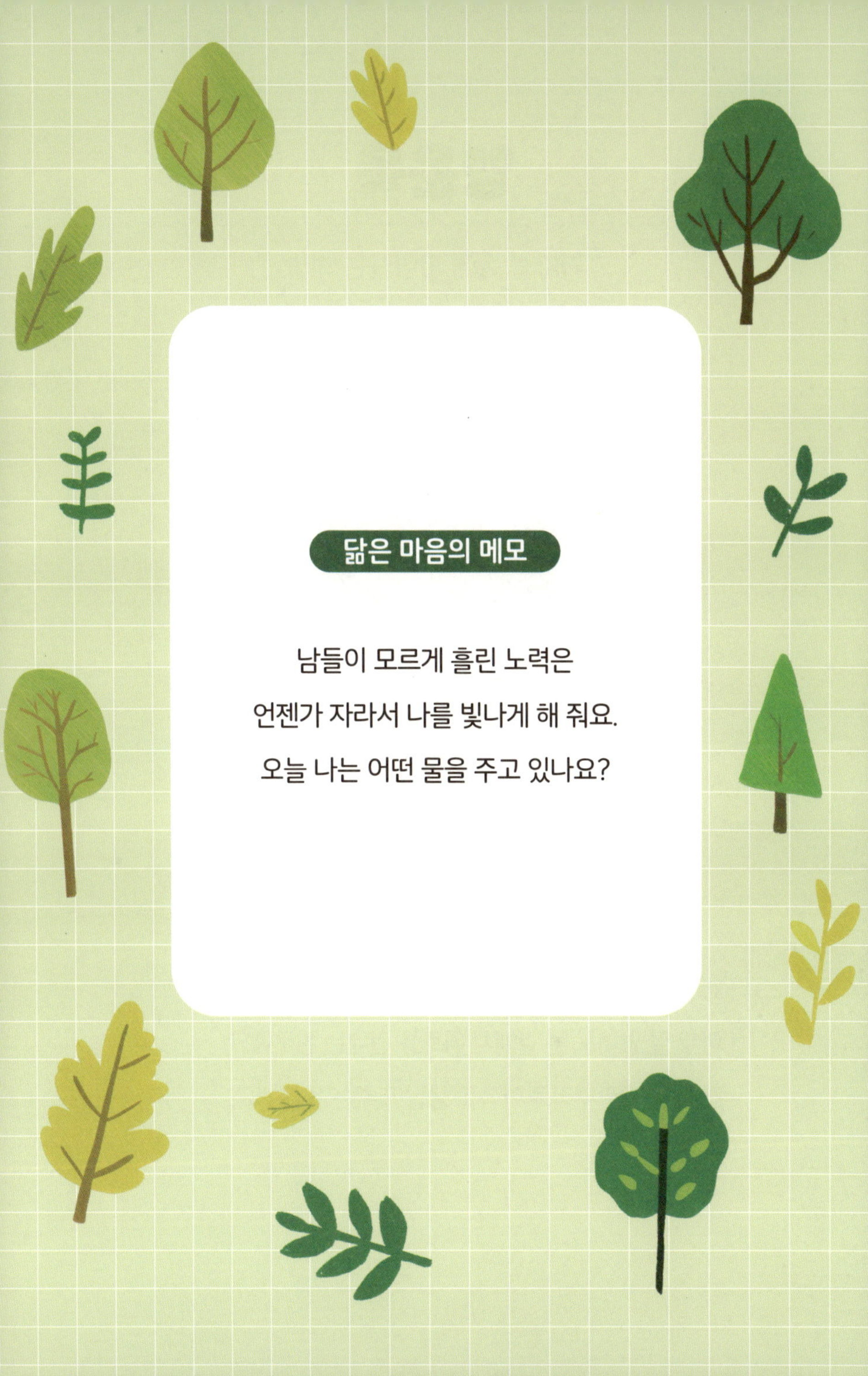

닮은 마음의 메모

남들이 모르게 흘린 노력은

언젠가 자라서 나를 빛나게 해 줘요.

오늘 나는 어떤 물을 주고 있나요?

행운목

기다림 속에 피어나는 희망

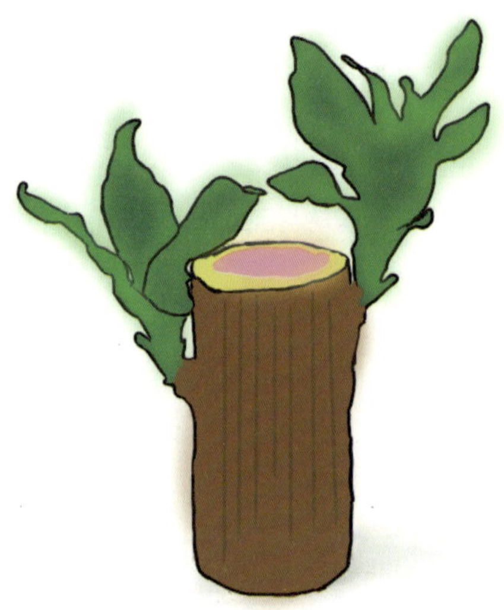

- 천천히 꾸준히 자라며, 꽃이 필 때 기쁨을 전해 줘요.
- 아무 말 없이도 늘 곁에서 위로를 건네는 친구예요.
- 작지만 깊은 뿌리로 마음을 붙잡아 주는 존재예요.

나는 행운을 나누는
행운목이에요.

나는 행운목을 닮았어요.

왜냐하면 성격은 조금 날카롭지만,

사람들에게 행복과 행운을 나눠주고 싶기 때문이에요.

우리 반이 리그전을 할 때

제가 운이 좋아서 꼭 이길 것 같아요.

그리고 그 기쁨을 친구들과 나누고 싶어요.

행운목처럼요.

"리그전 때 힘껏 친구들을 응원했어요.
제가 행운을 불러와서 우리 반이 이길 거라고 믿었어요.
모두가 웃을 수 있으면 좋겠어요."

— 행운목 아이의 말

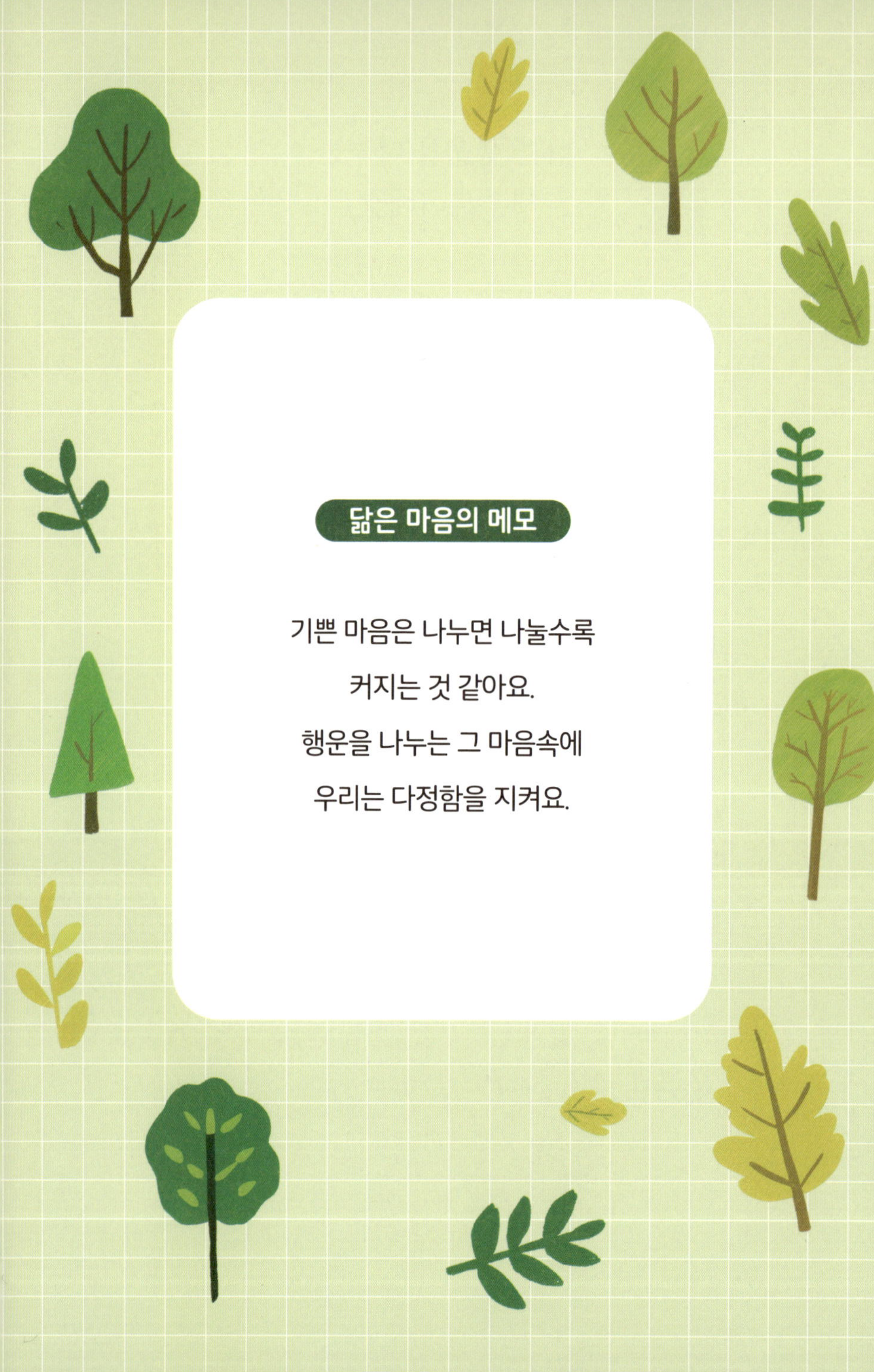

닮은 마음의 메모

기쁜 마음은 나누면 나눌수록
커지는 것 같아요.
행운을 나누는 그 마음속에
우리는 다정함을 지켜요.

클로버

작지만 행운을 품은 마음 잎사귀

- 작은 잎으로 사람들에게 행복을 전해요.

- 한 줄기에 여러 마음이 모여 있어요.

- 우리 마음속에 작게 숨겨진 커다란 기쁨이에요.

나는 행운 가득한
클로버예요.

나는 클로버를 닮았어요.

왜냐하면 매일 매일이 클로버처럼 행복해서

빨리 내일의 새로운 하루가 오기를 기대하거든요.

내일은 오늘보다 더 행복하고 행운 가득한

하루가 될 것이라 믿기 때문이에요.

저의 행운들이 다른 사람들의 내일을 더 기대하게 해줘요.

"친구가 혼자 있을 때 같이 놀자고 했어요.

그 친구는 환하게 웃었어요!

그리고 내일도 함께 놀기로 약속했어요."

― 클로버 아이의 말

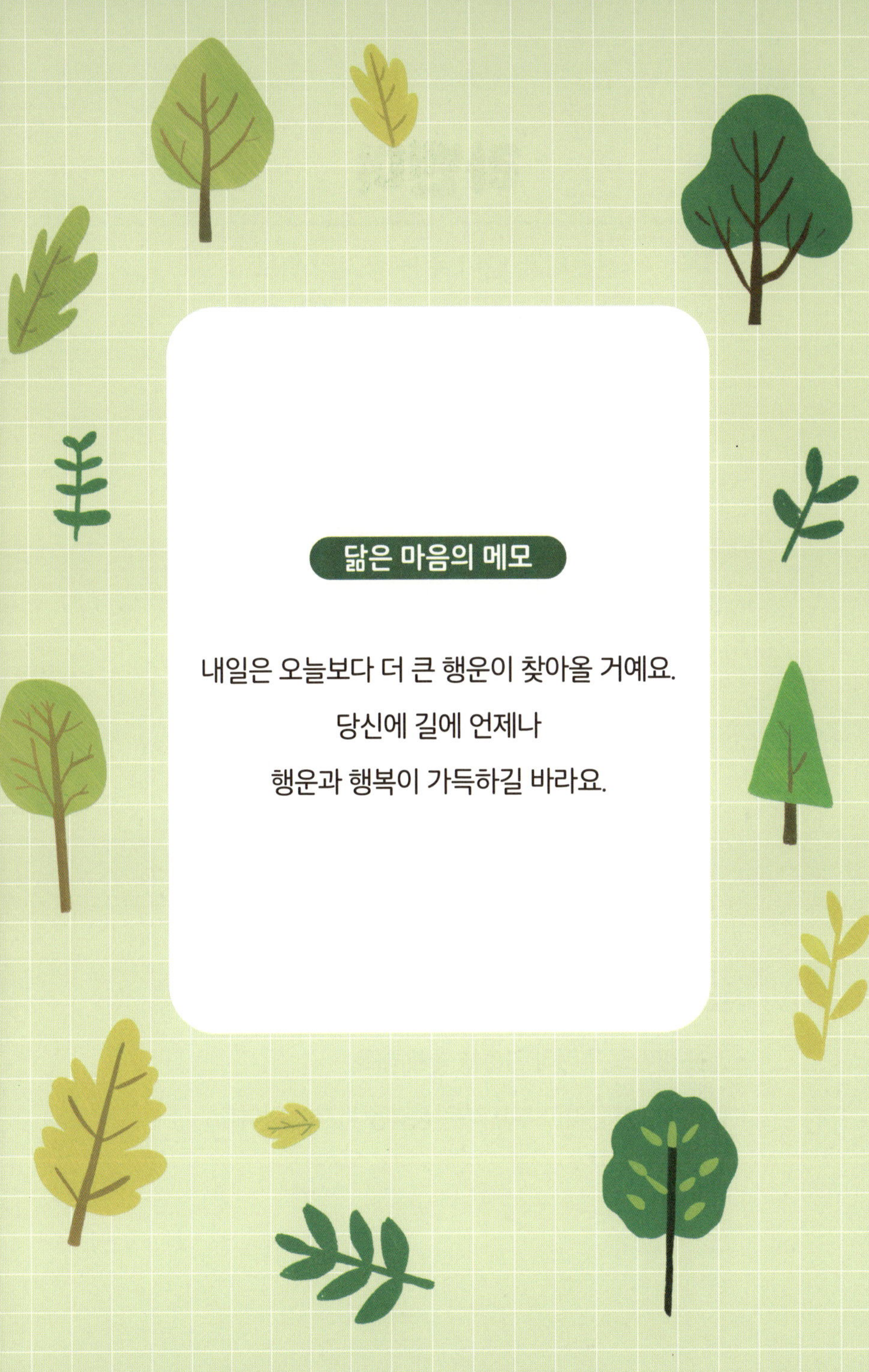
닮은 마음의 메모

내일은 오늘보다 더 큰 행운이 찾아올 거예요.

당신에 길에 언제나

행운과 행복이 가득하길 바라요.

라벤더

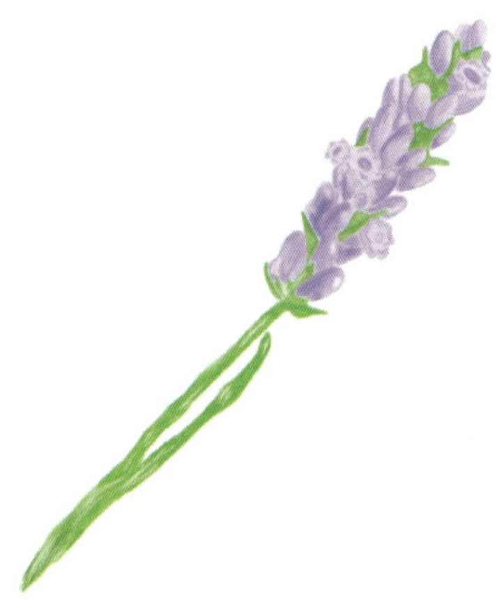

- 보라빛으로 잔잔하고 고요한 사랑을 전해요.

- 좋은 향기로 우리의 기분을 좋게 해요.

- 담요처럼 포근하고 부드러운 성격을 가지고 있어요.

나는 조용히 사랑을
품은 라벤더예요.

나는 라벤더를 닮았어요.

내 향기는 코끝을 스치는 순간,

불안했던 마음을 사르르 녹여내고,

온몸을 감싸는 따뜻한 위로가 되었어요.

내가 필요한 순간에

그저 함께 있는 것만으로도 충분한

위로가 된다는 것을 느꼈어요.

"바람에 살랑일 때마다 말없이 마음을 어루만져요.
어느 날, 누군가 눈물을 참지 못하고 주저앉았을 때,
나는 그저 조용히 곁을 지킬 거예요."

— 라벤더 아이의 말

조용한 향기 뒤엔

보이지 않는 노력이 숨어 있어요.

오늘, 당신은 어떤 마음의 빛을 지키고 있나요?

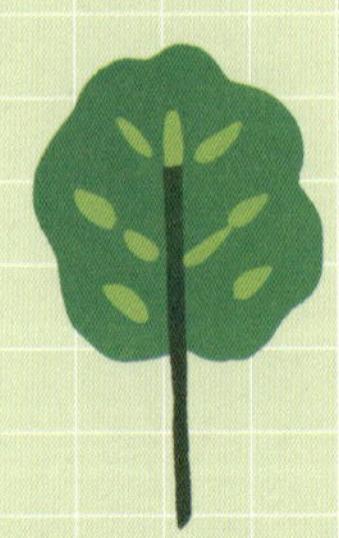
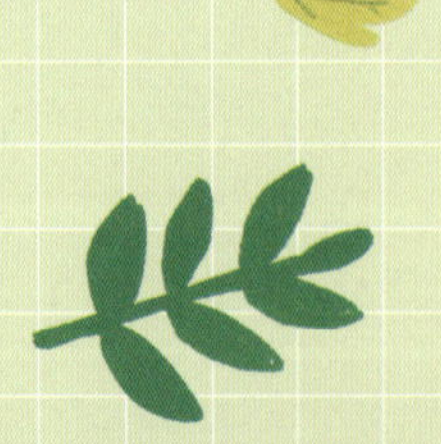
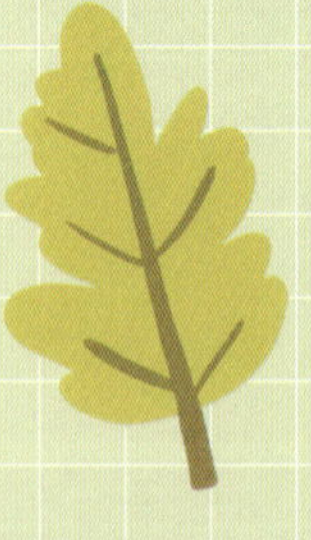

선인장

가시 사이로 피어나는 조용한 강인함

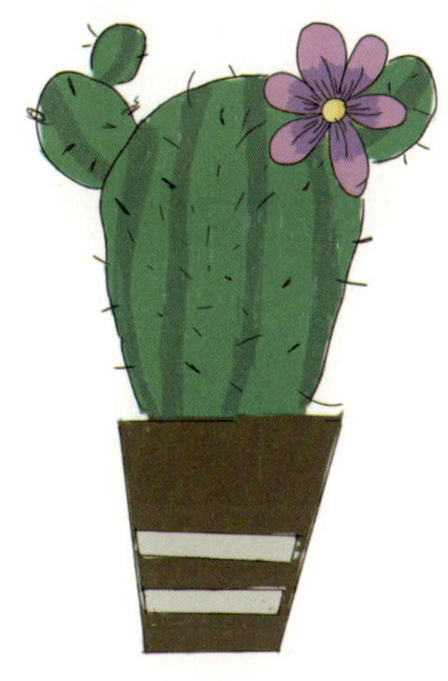

- 뜨거운 곳에서도 견딜 수 있는 굳은 마음이 있어요.

- 긴 시간 묵묵히 기다려 줘요.

- 가시 속에서 누구보다 아름다운 꽃을 피워요.

나는 조용하지만
강한 선인장이에요.

나는 선인장을 닮았어요.

아무리 긴 시간, 기다리기 힘들어도

묵묵히 그 자리에서 난 기다릴 수 있어요.

결말이 좋지 않더라도 기다려 줄 수 있어요.

뾰족한 가시 속에서도 저도 누구보다 아름다운

꽃을 피워낼 수 있는 믿음이 있기 때문이에요.

"너무 힘들고 지쳤지만 그래도 끝까지 희망이 있을
거라고 믿고 끝까지 기다렸어요. 기다린 만큼 예쁜 꽃이
피었어요!"

— 선인장 아이의 말

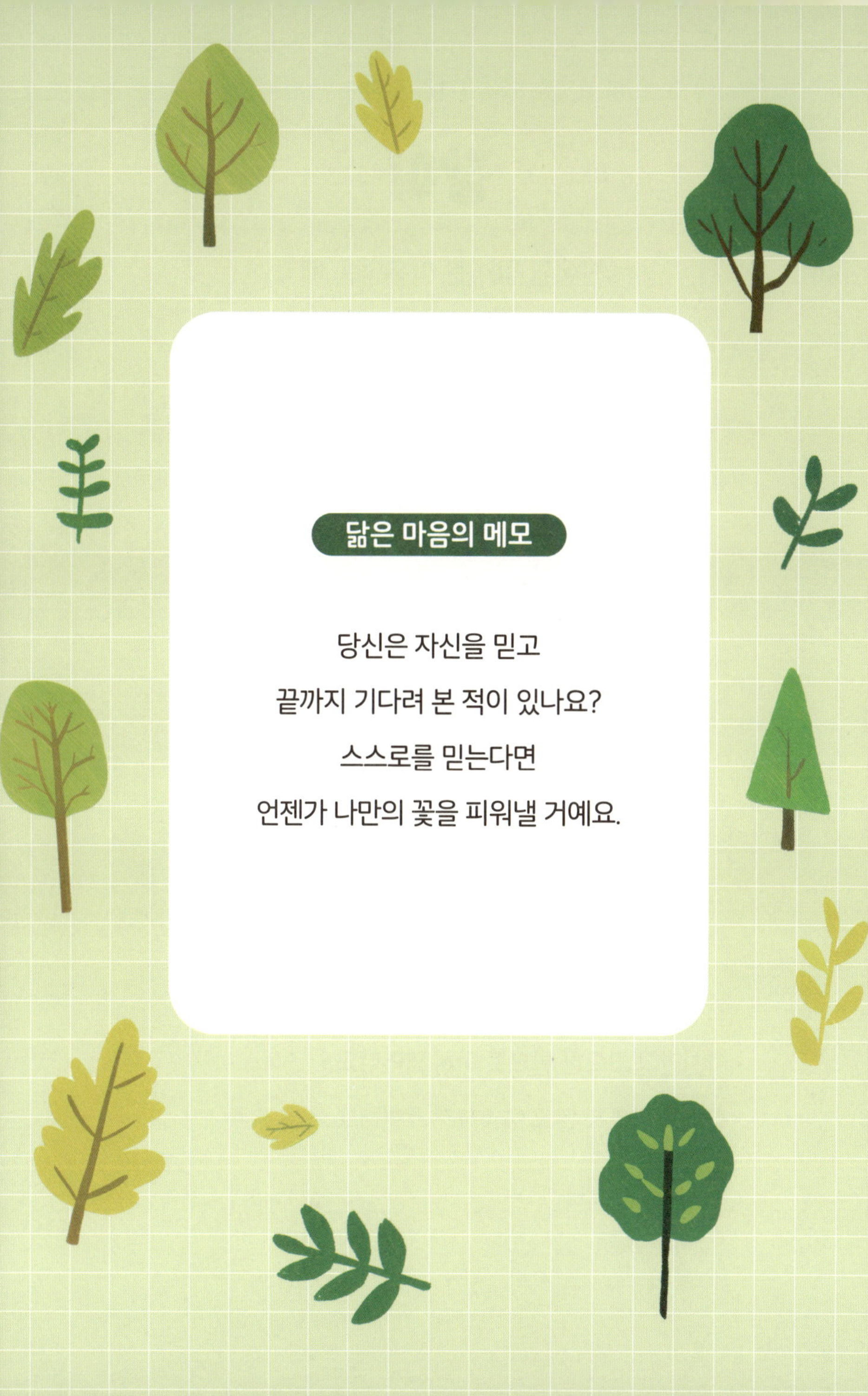

맑은 마음의 메모

당신은 자신을 믿고
끝까지 기다려 본 적이 있나요?
스스로를 믿는다면
언젠가 나만의 꽃을 피워낼 거예요.

장미

진심을 감싸는 아름다운 배려

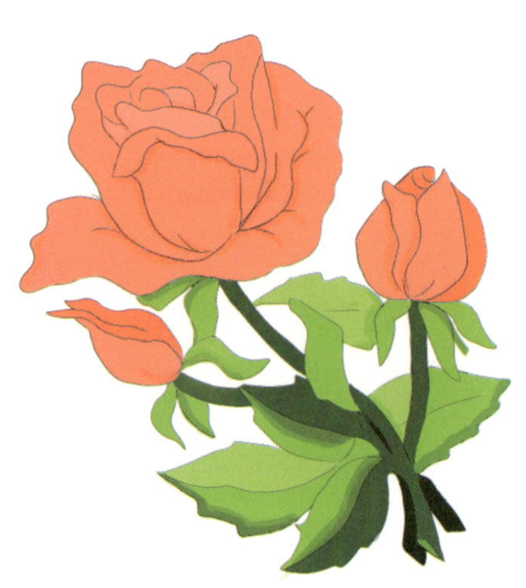

- 가시로 자신을 감싸며 아름다움을 만들어요.

- 자신만의 고요한 힘으로 다시 피어나요.

- 진심을 감추지 않고 다양하게 표현해요.

나는 다양하게 표현하는
장미예요.

나는 장미를 닮았어요.

왜냐하면 진심을 감추지 않고

다양하게 표현하고 싶기 때문이에요.

어떨 때는 상처를 받아도 나만의 방법으로

회복하기 때문이에요.

장미처럼요.

자신만의 고요한 힘으로 다시 피어나는 장미처럼

저도 나만의 힘으로 극복하려고 해요.

"상처받은 마음을 숨기지 말아요.

우리는 다시 피어날 수 있는 힘을 가진 사람이에요!"

— 장미 아이의 말

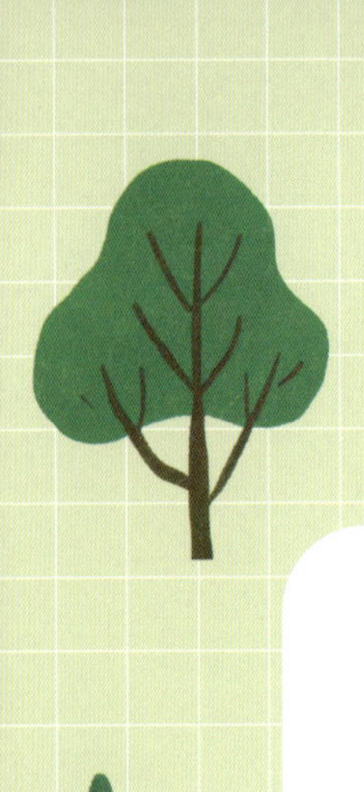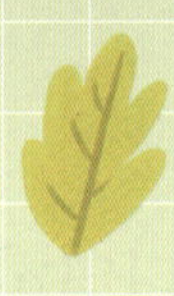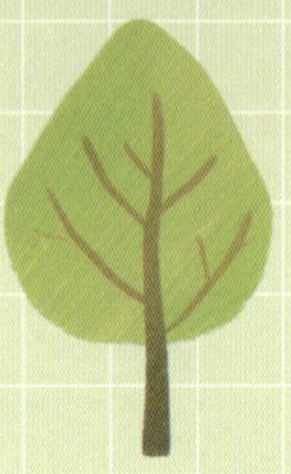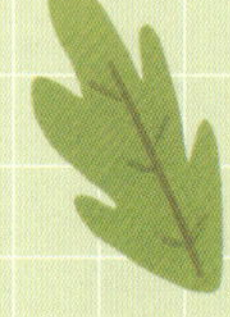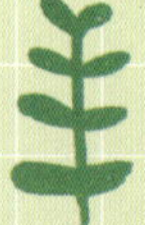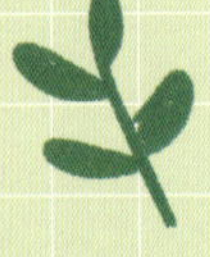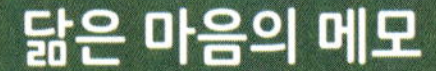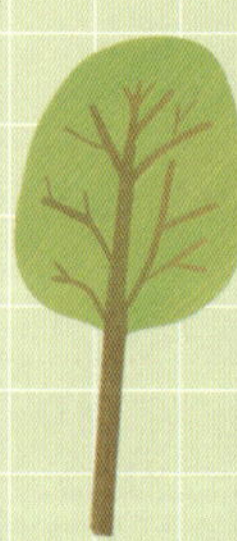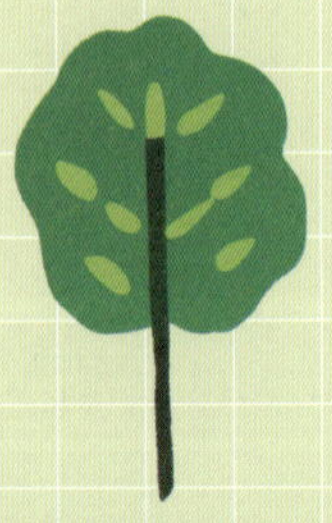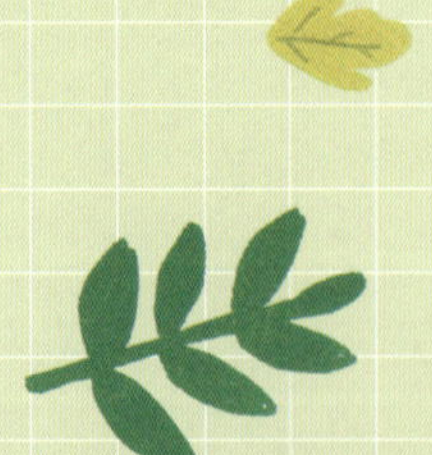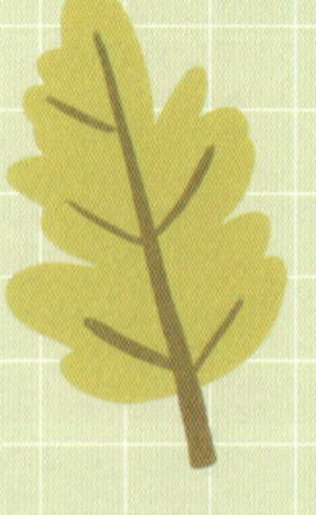

닮은 마음의 메모

자신의 진심을 감추지 말고

다양하게 표현해 보세요.

진심을 감추면 서로를 더 힘들어지니까요.

사과나무

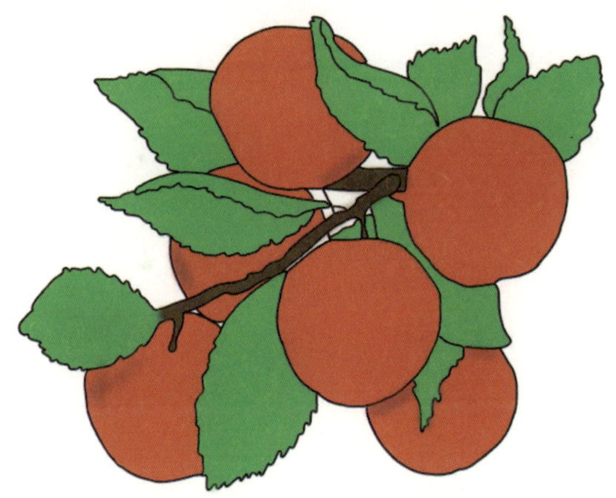

- 계절마다 다른 모습으로 쑥쑥 자라나요.

- 달콤한 열매로 여러 사람에게 마음을 나눠요.

- 따뜻한 햇살과 묵묵한 기다림으로 커져요.

나는 나눠주기를 좋아하는
사과나무예요.

나는 사과나무를 닮았어요.

왜냐하면 따뜻한 햇살과

묵묵한 기다림으로 성장하기 때문이에요.

또 사과나무처럼 내가 가진 사소한 것이라도

남들에게 나눠주는 것을 좋아해요.

필요한 사람들에게 내 것을

나눠주면 나는 뿌듯함이라는 열매를 얻어요.

"제가 친구들에게 달콤한 간식을 주면 친구가
고맙다고 해요.
그리곤 친구랑 간식을 나눠 먹으면서 웃었죠."

— 사과나무 아이의 말

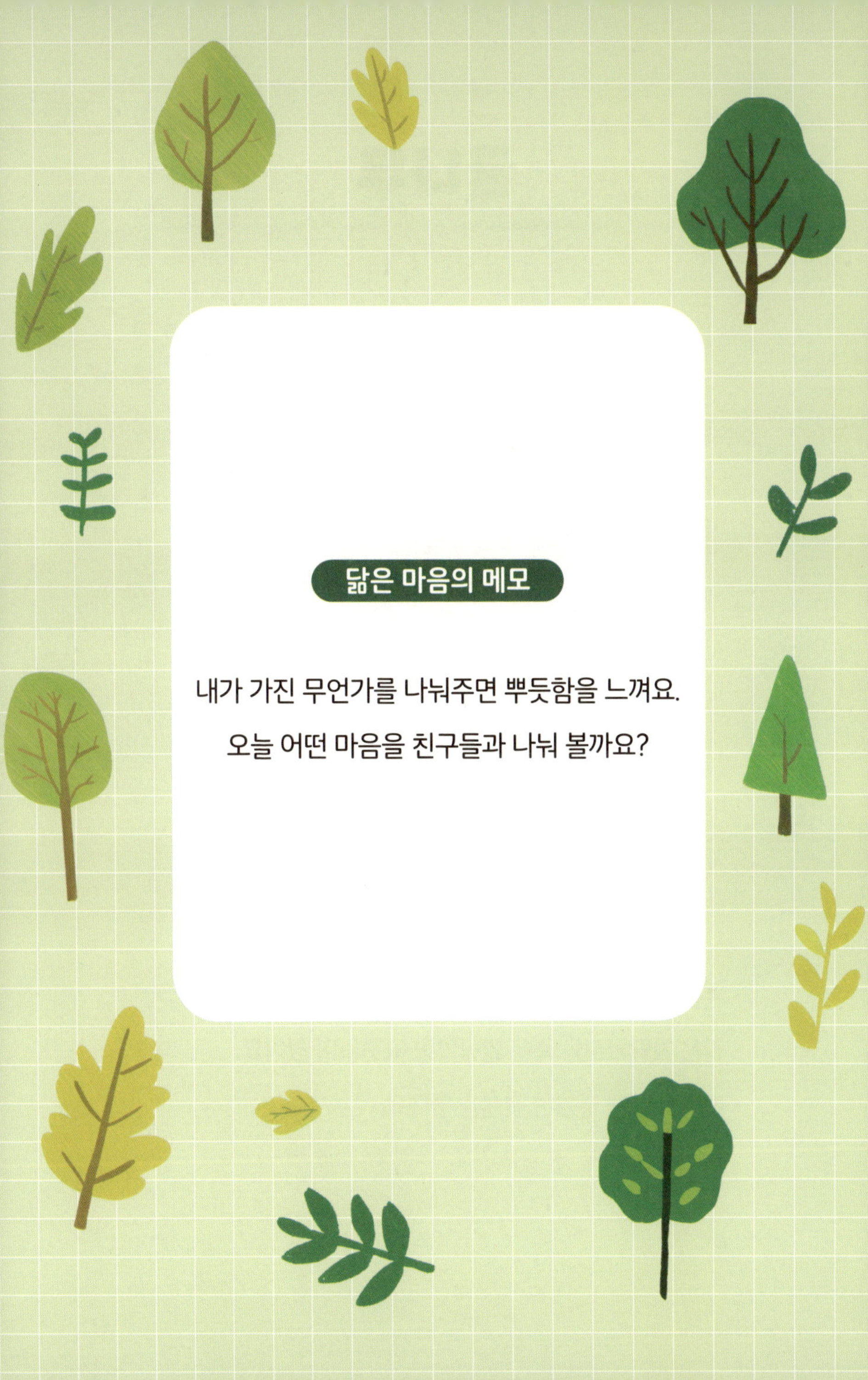

닮은 마음의 메모

내가 가진 무언가를 나눠주면 뿌듯함을 느껴요.

오늘 어떤 마음을 친구들과 나눠 볼까요?

귤나무

겉. 차. 속. 따

- 추운 겨울에도 함께 모여 따뜻함을 나눠요.

- 겉은 딱딱하지만 속은 말랑말랑 따뜻함이 있어요.

- 기다림 끝에 달콤한 결실을 맺어요.

나는 겉은 차갑지만
속은 따뜻한 귤나무예요.

나는 귤나무를 닮았어요.

왜냐하면 처음에는 낯을 가리고

무뚝뚝하게 보일 수도 있지만,

친해지면 누구보다 따뜻하게 챙겨 주는

마음을 가지고 있기 때문이에요.

귤나무처럼요.

나는 속이 따뜻한 귤나무를 닮았어요.

"표현은 하지 잘 못 하지만, 친구들이 엄청 좋아요.
나만의 방식으로 친구들을 챙겨 주면
저도 마음이 따뜻해져요."

— 귤나무 아이의 말

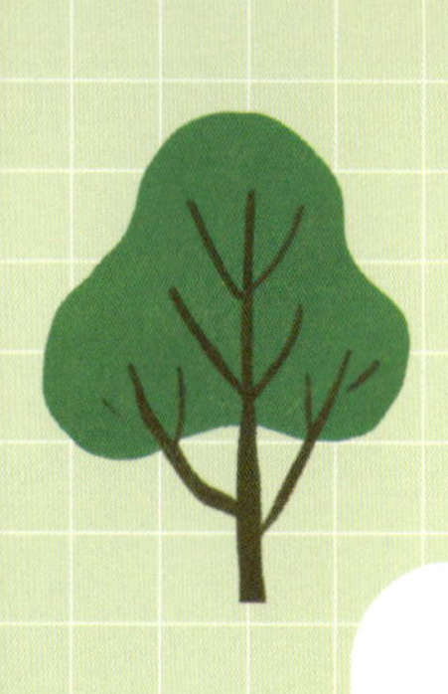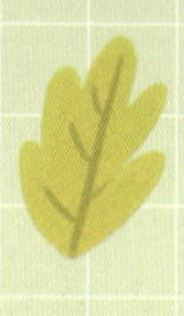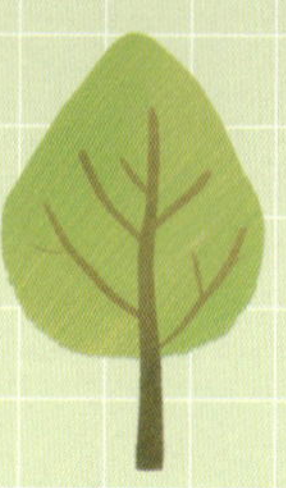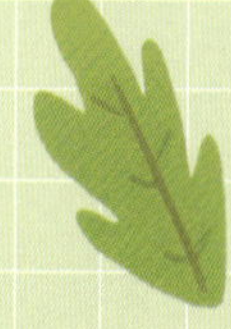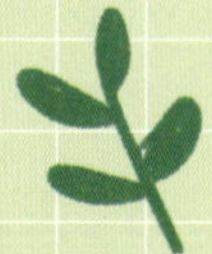

보이지 않는 따뜻함이

누군가의 하루를 살며시 감싸 줄 수 있어요.

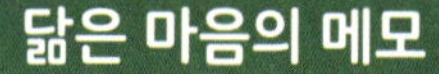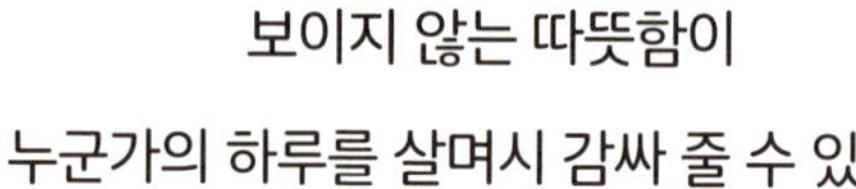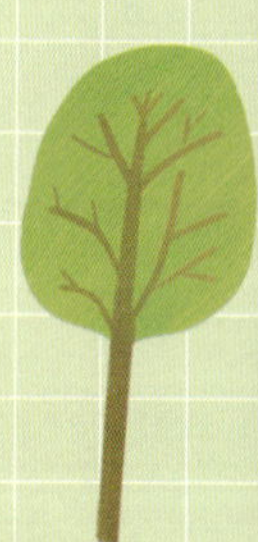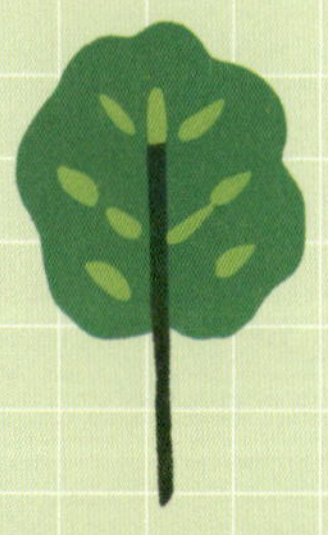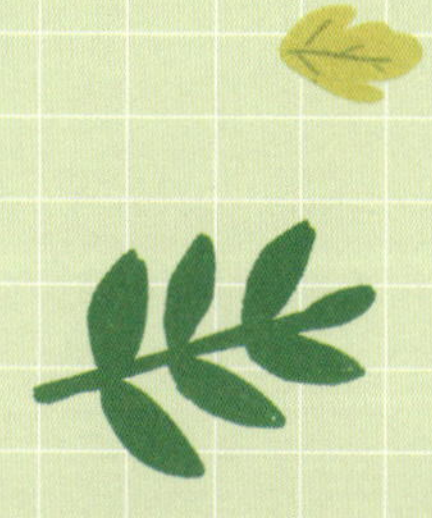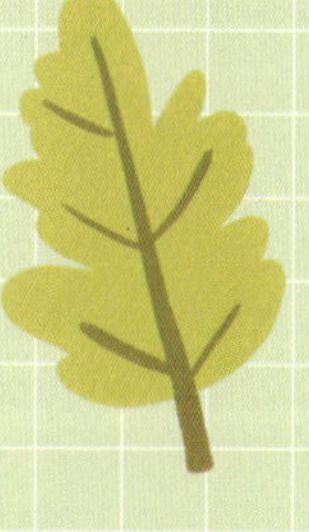

툴립

봄을 품은 따뜻한 첫인사

- 단정한 꽃잎 속에 강함이 숨어 있어요.

- 여러 가지 색깔의 옷을 갈아입으며 감정을 전해요.

- 봄의 시작을 알리는 희망이에요.

나는 다양한 색을
피워내는 튤립이에요.

나는 튤립을 닮았어요.

왜냐하면 친구들과 다르더라도

나만의 색깔을 소중히 여기고 싶기 때문이에요.

어떤 날은 조용하고,

어떤 날은 활짝 웃지만

그 모두가 나의 모습이에요.

튤립처럼요.

나는 다양한 모습을 가진 튤립을 닮았어요.

"무대에서 그림도 그리고, 발표도 하고, 조용히 책도
읽어요.
친구들은 '넌 참 다채롭다.'고 해요. 저는 그 말이
참 좋아요."

— 튤립 아이의 말

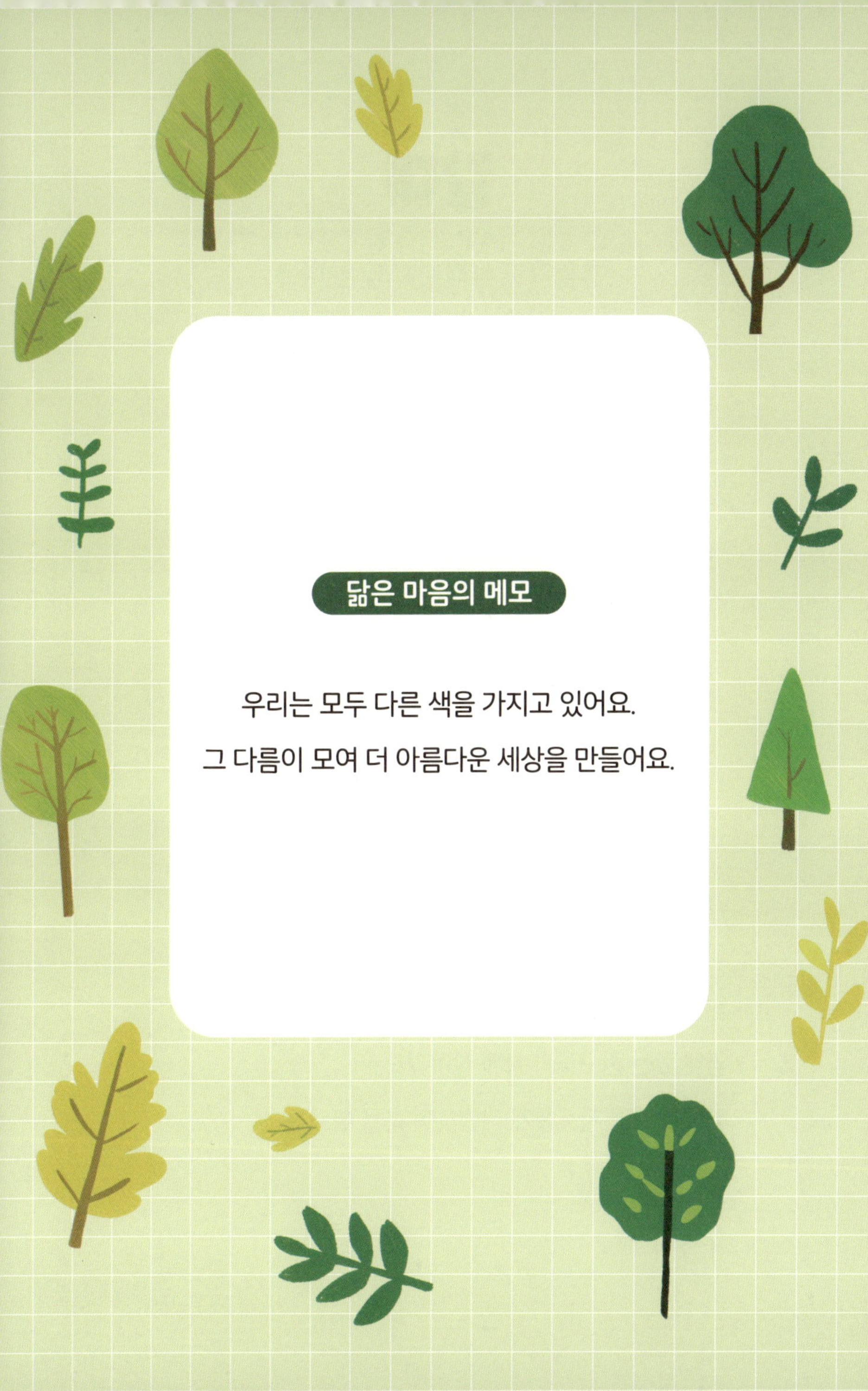

닮은 마음의 메모

우리는 모두 다른 색을 가지고 있어요.
그 다름이 모여 더 아름다운 세상을 만들어요.

갈대

흔들려도 부러지지 않는 마음

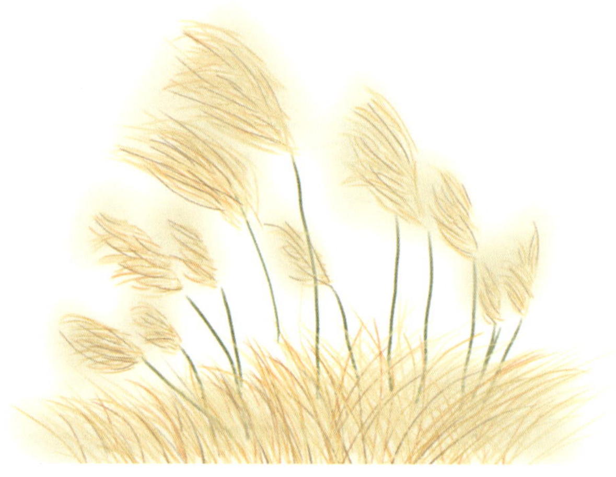

- 흔들려도 부러지지 않는 강인함을 가지고 있어요.

- 옆에 있는 친구들과 함께 살아가요.

- 바람을 따라 자유롭게 여행하며 춤을 춰요.

나는 흔들리긴 해도
부러지지 않는 갈대예요.

나는 갈대를 닮았어요.

왜냐하면 주위 사람들의 말과 평가에

흔들리긴 해도 저는 꺾이지 않아요.

그런 갈등은 그저 스쳐 가는 바람이거든요.

그러니 묵묵히 그 자리 지키는 갈대처럼

다시 강인한 마음을 다잡고 힘을 내요.

파이팅!

"다른 사람들이 아무리 화를 내고 뭐라고 해도

신경 쓰지 말아요. 그저 스쳐 가는 바람일 뿐이에요."

— 갈대 아이의 말

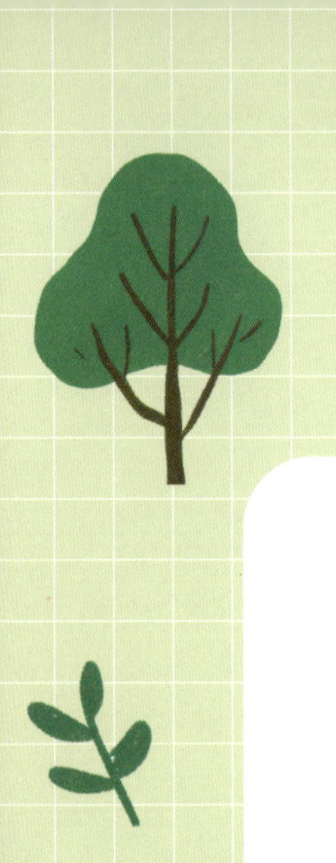
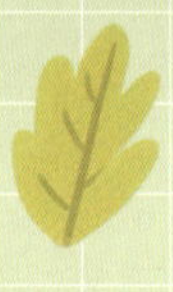
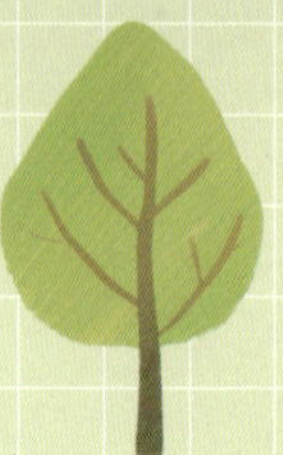
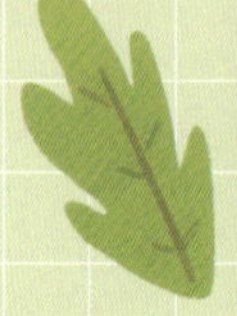
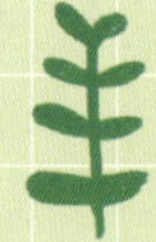
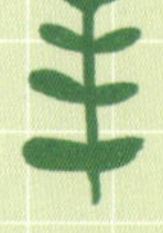
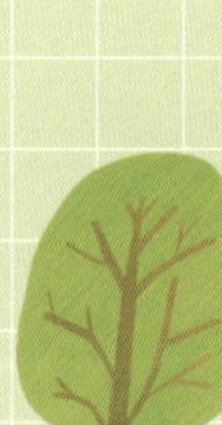

닮은 마음의 메모

힘들면 울고 쉬어도 돼요.

그저 지나가는 바람이에요.

우리에게는 꺾이지 않는 마음이 있어요.

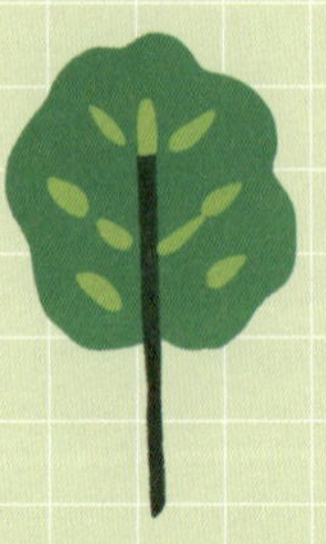
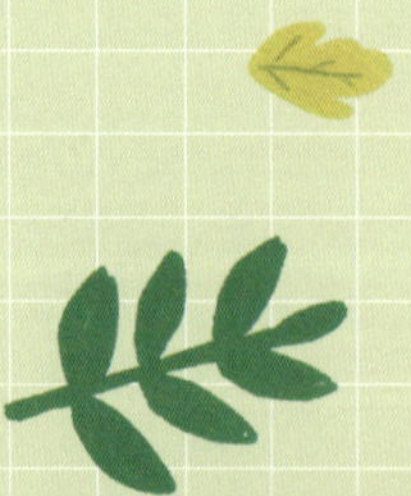
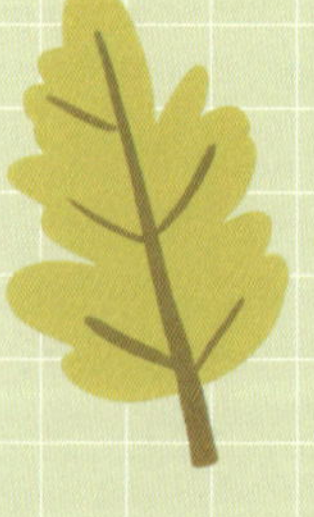

고사리

조용히 피어나는 온유한 마음

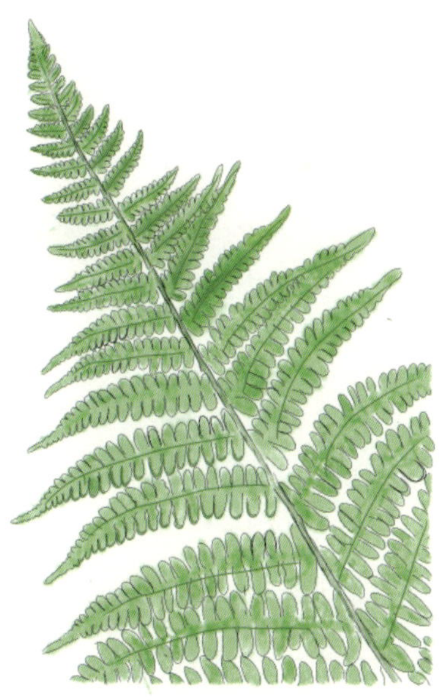

- 숲속 그늘에서도 조용히 자라요.

- 어린잎을 꼭 감고 있다가 천천히 펴요.

- 예민하지만 단단한 생명력을 지녔어요.

나는 조용하고 온유한
고사리예요.

나는 고사리를 닮았어요.

왜냐하면 말은 많지 않지만,

마음을 다해 친구를 바라보고,

부드러운 마음으로 함께하고 싶기 때문이에요.

고사리처럼 조용히,

하지만 묵묵하게 친구들을 지켜 주고 싶어요.

"친구가 속상할 때 말은 못 했지만,

곁에 조용히 앉아 있었어요.

그 친구가 '고마워.'라고 말했을 때,

따뜻한 마음이 전해졌다고 느꼈어요."

— 고사리 아이의 말

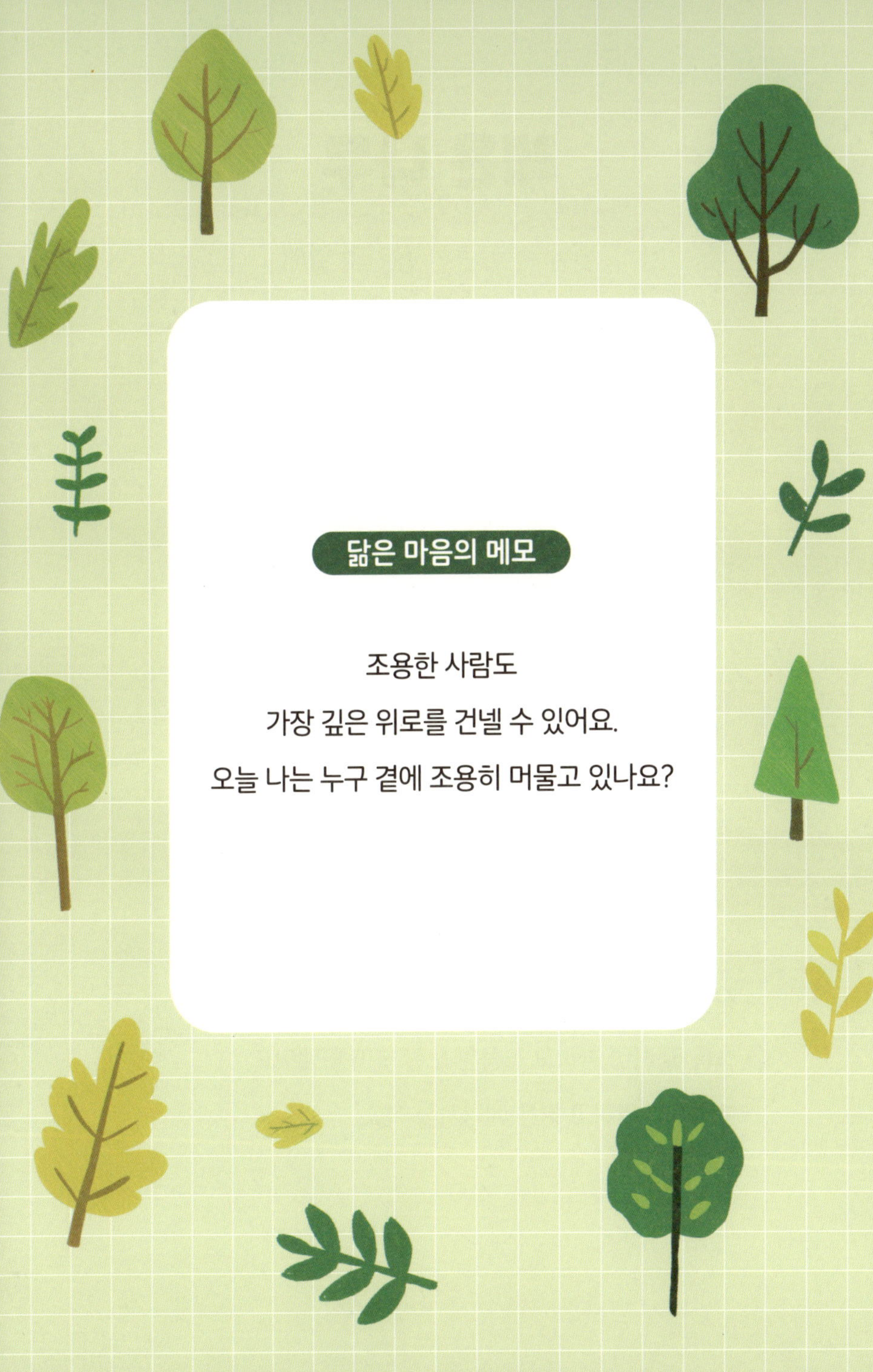
닮은 마음의 메모

조용한 사람도

가장 깊은 위로를 건넬 수 있어요.

오늘 나는 누구 곁에 조용히 머물고 있나요?

레몬 나무

햇살 속 상큼한 용기의 열매

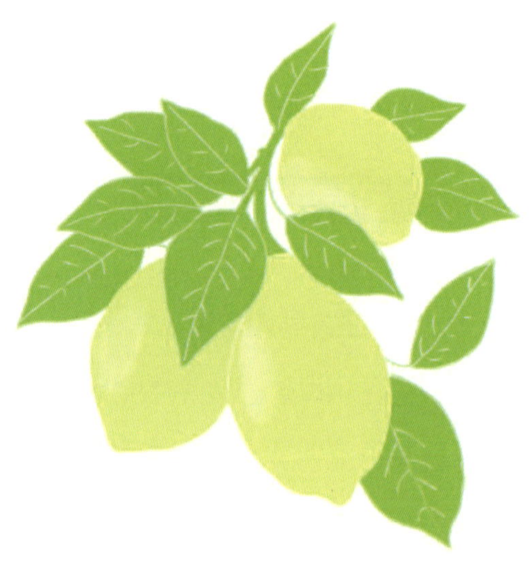

- 신맛으로 사람들을 놀라게 하지만 건강함을 줘요.

- 초록 잎 사이 환하고 상큼한 노란 열매를 맺어요.

- 햇볕을 좋아하고 밝은 에너지를 줘요.

나는 활기찬
레몬 나무예요.

나는 밝고 활기찬 레몬 나무를 닮았어요.

나를 힘들게 하는 일이 있어도 긍정적인 태도로

금방 이겨내고 일어서요.

레몬 나무처럼요.

레몬 나무와 저는 겨울이 되면 추위에 약해져요.

하지만 우리는 추위를 버텨내고 열매를 맺을 수

있는 끈기와 참을성이 있어요.

"친구가 속상한 일이 있었는데

제가 친구를 위로해 주고, 재밌는 이야기를 해 줬어요.

친구가 웃었고, 우리는 함께 웃었어요."

— 레몬 나무 아이의 말

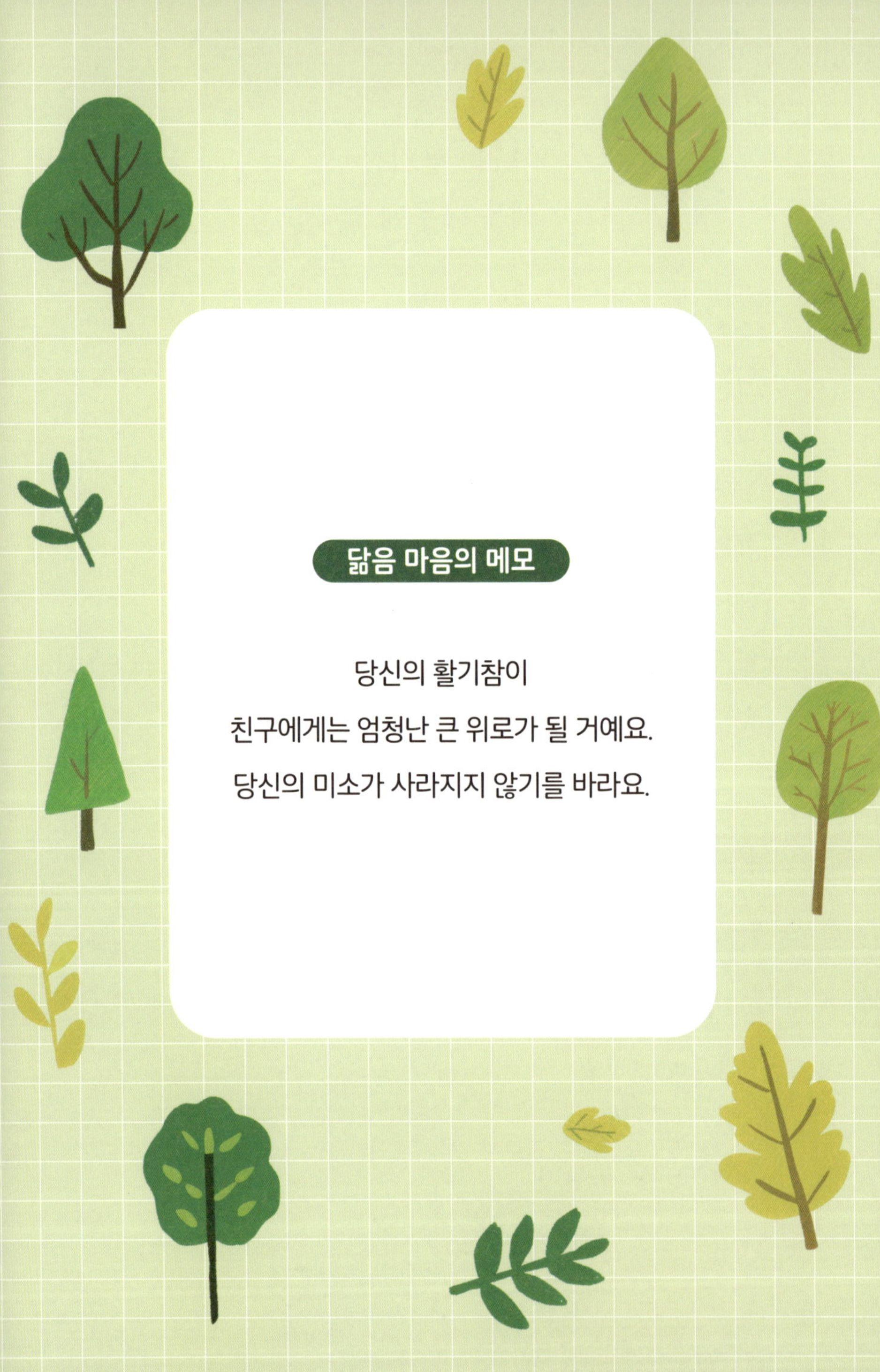
닮음 마음의 메모

당신의 활기참이
친구에게는 엄청난 큰 위로가 될 거예요.
당신의 미소가 사라지지 않기를 바라요.

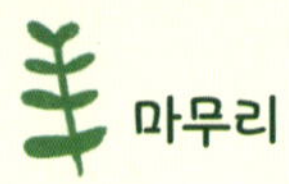 마무리

식물은 책 속에만 있는 게 아니에요.

우리가 걷는 길가,

창가에 놓인 화분,

친구의 눈빛 속에도

식물처럼 자라는 마음이 있지요.

아이들은 식물을 보며

자기 마음을 들여다보았고,

우리는 그런 아이들을 보며

세상을 바라보는 새로운 눈을 배웠어요.

이제 책을 덮는 지금,

당신 곁에는 어떤 식물이 자라고 있나요?

그리고 그 식물은,

당신의 어떤 마음과 닮아 있나요?

식물처럼,

조용히, 하지만 분명하게

자라나는 우리 모두의 마음을 응원합니다.

나를 닮은 식물

ⓒ 권민영 선생님과 학생들, 2025

초판 1쇄 발행 2025년 11월 20일

지은이　　권민영 선생님과 학생들
펴낸이　　이기봉
편집　　　좋은땅 편집팀
펴낸곳　　도서출판 좋은땅
주소　　　서울특별시 마포구 양화로12길 26 지월드빌딩 (서교동 395-7)
전화　　　02)374-8616~7
팩스　　　02)374-8614
이메일　　gworldbook@naver.com
홈페이지　www.g-world.co.kr

ISBN　979-11-388-4871-8 (03810)